U0632606

主编寄语

　　《心灵读库》(共十本)精选了当代一批优秀作家的经典美文作品,满足了中学生的阅读和写作需求。《心灵读库》是专门为广大中学生朋友量身打造的阅读盛宴和人文修养范本。本书体现了与众不同的风格:

　　◆ 美文经典,读写范本。

　　选文皆为当代名家的时文美文,可谓精华荟萃。同时文风鲜明,各有千秋。或言辞隽永,如诗如画;或构思精巧,拍案叫绝;或深邃悠远,回味无穷;或幽默风趣,如浴春风。本书将以其博大精深的真知灼见贯通中学生的智慧,将以其海纳百川的胸襟来滋润中学生的情怀。赋道义于两肩,著千古文章。

　　◆ 名家批注,醍醐灌顶。

　　诸位专家谆谆善诱,对文章要义整体评价,对写作技法深入剖析,对精彩妙处——批注。心思缜密,不遗余力,直指文章亮点;寥寥数语,境界全出,揭示写作规律。时而铿锵有力,时而温声细语。归纳创作要领,演绎写作技术,点评高屋建瓴,批注醍醐灌顶。让学生茅塞顿开,下笔千言如行云流水。

　　◆ 知识链接,开拓视野。

　　每一篇美文都会涉及一些或自然的,或科学的,或宗教的,或人文的,等等,各种知识,不一而足。本书编者,根据中学生的实际知识储备状况,倾其全力,耐心筛选链接有益的知识,以求帮助读者开拓视野。

　　精读是形成文风的前提,拓读和泛读是深度的前提,愿《心灵读库》带领读者敲开写作的技巧之门。

袁炳发 壬辰年一月于哈尔滨

心·灵读库

心灵读库 10 处世哲思

# 一举手一投足的距离

袁炳发/主编

孔艳丽 卢艳玲/分册主编

邱红婷 刘婷婷 吴文雯/编委

吉林大学 出版社

**图书在版编目（CIP）数据**

一举手一投足的距离：处世哲思/袁炳发主编.--

长春：吉林大学出版社，2012.1

（心灵读库）

ISBN 978-7-5601-8023-6

Ⅰ．①一… Ⅱ．①袁… Ⅲ．①散文集－世界 Ⅳ．

①I16

中国版本图书馆CIP数据核字(2011)第263797号

书　　名：一举手一投足的距离——处世哲思

作　　者：袁炳发 主编

责任编辑、责任校对：刘冠宏　樊俊恒　　　　　　装帧设计：李岩冰　董晓丽

吉林大学出版社出版、发行　　　　　　　　　　吉林市海阔工贸有限公司　印刷

开本：787×1092　　　　毫米：1/16　　　　　2012年1月　第1版

印张：12　　　　　　　字数：240千字　　　　　2015年4月　第5次印刷

ISBN 978-7-5601-8023-6　　　　　　　　　　定价：19.80元

版权所有　　翻印必究

社址：长春市明德路501号　　邮编：130021

发行部电话：0431-89580026/28/29

网址：http://www.jlup.com.cn

E-mail：jlup@mail.jlu.edu.cn

# 目录

# 擦车的女人

最终，胖女人收起钱，开着车离去了。

擦车女人拍了拍身上的尘土，挣扎着站了起来，她走路还像往常一样，一拐一拐的。

文/李玉兰

# 像花儿一样快乐地开放

我的故事里只有两个主人公：女孩和女人。和许多幸运的人相比，他们都是生存在矮檐下卑微的小草，但她们却因丰满的心灵阳光，生活得像花儿一样芬芳而快乐。

女人在电视上看到了有关农村贫困学生辍学的报道，便想资助一名特困学生。

在一个阳光明媚的早晨，她来到离家不远的一所小学，校长按照她提出的条件，挑选出了一名品学兼优的农村贫困女孩。在校长的陪同下，她悄悄来到教室的窗外，隔着厚厚的玻璃，女孩一双水灵灵的大眼睛让她的心怦然而动，一瞬间，她的眼角有泪流下。

女人留下1000元钱，并向校长郑重承诺，她会一直资助女孩大学毕业。校长非常感动，提议在女孩所在的班级搞个简单的牵手仪式，让女人和女孩正式见个面。

女人拒绝了。

十年一闪而过，女孩的学校已经换了三所，校长也已换了几任，女人的资助却一直没有间断过。

女孩接到大学录取通知书那天，女人又来到女孩所在的学校，送来了5000元钱。

开篇点题，交待故事主人公。

形象的比喻，突显出人物的性格特点，为下文她们的不同埋下伏笔。

留下钱，并拒绝搞仪式，写出这个女人很低调，且富有爱心。

用变衬托不变，变的是时间，不变的是那颗资助的心。

那也是一个阳光明媚的早晨，暖暖的阳光连同学校的大红喜榜一起把一寸寸的快乐倾洒在女人的心上。

当校长替女人把5000元钱交到女孩手里的时候，也带回了女孩强烈的心愿：希望在走进大学校门之前能和自己的恩人见个面。

留下悬念：女孩是否能够见到这个好心的女人？

女人笑了，却依旧摇头。但她也希望能和女孩一起感受一下金榜题名的快乐，隔着教室明亮的玻璃窗，女人见到了比自己高出一头的女孩和女孩幸福的笑脸，女人的心里也一寸寸被幸福的阳光滤过。

用女孩的笑脸衬托出女人内心的幸福感。

女孩考上的是一所医学院校，这让女人很欣慰。女人一如既往地资助女孩，但每次给女孩寄钱，她用的都是女孩家的地址。

在花红柳绿的大学校园里，没有人知道勤奋的女孩在接受别人的资助，女孩也因此不必面对那些同情甚至质疑的目光。在女人默默的资助下，女孩坦荡而快乐地度过了大学时光。

大学毕业的女孩已亭亭玉立，但在她心灵的一角始终有一个结需要迫切打开。

写出女孩想打开这个结的急切心情。

从省城回到家乡她做的第一件事就是找到了母校的校长。

盛夏七月，骄阳如火般炙烤着女孩心底的渴望。女孩带着从省城买回来的礼品，一路上猜想着女人的身份和外貌：风风火火下海经商的女强人、斯文儒雅有修养的知识女性，或者是精明干练的白领……

写出女孩的种种猜想。

女孩敲开女人的家门时，女人正在细心地浇花。女孩眼中的女人温柔、瘦弱，一脸平和的微笑。看见女孩进来，女人热情地紧走几步，向女孩伸出手来。那一瞬，女孩惊讶地发现，女人的身体摇摆着向她倾斜过来。

女人的外貌与女孩的猜想形成鲜明对比。

女孩的喉咙忽然被什么卡住了，她使劲地攥着女人的手，一路上精心构思的许多感恩和答谢的话一

出乎意料，十分惊讶。

句也说不出来。沉默中,她仔细地环视着女人简陋的家:房间只有40多平方米,除了一张铁床、一张旧书桌和一台老式的黑白电视外,再没有其他的家具和家电,但在这狭小的房间里却有三分之一的空间摆放着各种花卉。那些花并不名贵,有的女孩连名字都叫不上来,但却散发着沁人心脾的幽香。

并不富裕的生活衬托出女人的无私。

"三分之一的空间摆放着各种花卉",呼应开头。

女人慈祥地拉着女孩的手,把女孩让到书桌前唯一的椅子上。书桌上摆着许多小学课本,还有一张小女孩的照片,大大的眼睛水灵灵的,很像女孩幼时的模样。

"这是你的女儿吗?"女孩好奇地问。

"是啊,如果她还活着,应该也像你那么大了。"

"怎么?她已经不在了吗?"女孩瞪大了眼睛。

"是的,14年前的一场车祸,夺走了她和她爸爸的生命,我虽然侥幸活下来,却残了一条腿。出院以后,单位给我办理了提前退养,每月可以开600元钱,保险公司也给我赔付了三万多元,可那是我两个亲人的命啊,我怎么忍心花呢?就想着做点有意义的事吧。"

写出女人的不幸。

交待出女人资助女孩的原因。

女孩的心被深深地震撼了:一直用微薄的光热默默地温暖着自己的竟然是这样一颗饱受创伤的心。

"为什么你一直不肯与我见面呢?如果我早一点知道真相,我不会让您一个人过得这么孤单的!"女孩泪流满面。

女人笑了,站起身来,继续摆弄着她的花。女孩这时才注意到,房间里的每一盆花卉都枝繁叶茂,生机盎然,甚至每一片叶子都一尘不染。

通过花的枝繁叶茂,侧面写出女人阳光般的心态。

"这些花都是我从市场上很便宜买来的,刚买来的时候,只有一两寸那么高,每天我认真地给它们浇水、松土,并不奢望它们回报我什么。看着它们简单快乐地生长,不断地长出新的枝丫、打骨朵儿、开花,我的心里就充满了快乐。"

女人说着,端起一盆盛开的兰花,问女孩:"喜欢这花吗?"

"喜欢!"女孩愉快地回答。

"如果我把它折下来插进花瓶里呢?"

"它会枯萎而死的。"女孩脱口而出。

通过对话描写,写出女人心地善良。

"那如果我把它摆放到市场上去卖呢?"

"那……"女孩语塞了,似有所悟。

女人会心地笑了:"人也一样啊!都喜欢无忧无虑,不被什么所累。在我的心里你就像我的女儿一样,所以,我只希望你能像这些花儿一样自由快乐地成长。"

女人用小事告诉女孩做人的道理。

女孩的眼里再次蓄满泪水:"因为你,我成长得很快乐、很阳光。可因为我,你却生活得这么苦。"

"生活是艰苦点,可我也很快乐啊!每个月算计着给你攒学费,每天想象着你在学校学习的情景,我就觉得生活有了目标、有了奔头,有时甚至感觉到我的女儿依然活着,和你一样在学习、在长大。所以这么多年,我才会这么乐观地活着啊!"

勾勒出一幅温馨、动人的画面。

灿烂的阳光透过明亮的玻璃窗温柔地洒在女人和女孩的脸上。女人和女孩相拥着,发自心灵的幸福笑容,像满室弥漫的花香,那么真实、动人。

女孩告别时,带走了那盆兰花。

不久,女人得到了一个更令她欣慰的消息:女孩主动要求去缺医少药的西部工作,她要把自己得到的关爱以另一种形式回报给更多的人。

点明中心:付出就有回报,但灵魂上的收获比物质上的收获更有价值,也更有意义。

付出都是有收获的,不同的是,有人收获的是带着金属光泽的物质,有人收获的是浸润灵魂的持久芳香。

人的一生不可能事事如意，总会经历坎坷、磨难，但不管遇到什么事，都要用阳光般的心态去面对，不要把那颗乐善好施的心冰封起来。

文中的女人虽然遭遇了巨大不幸，却能十年如一日地去资助一个女孩，不由让人心生崇敬。女人用心中的爱感染了女孩，女孩又用心中的爱去感染他人。这就是爱，环环相扣，紧紧相连。

请相信：只要人人都献出一点爱，世界一定会变成美好的人间。

邱天润 ◎ 评

=== **知识链接** ===

兰花为多年生草本，单子叶植物。根长筒状。叶自茎部簇生，线状披针形，稍具革质，2至3片成一束。兰花是中国传统名花，是一种以香著称的花卉。兰花以它特有的叶、花、香独具四清 (气清、色清、神清、韵清)，具有高洁、清雅的特点。古今名人对它评价极高，被喻为 "花中君子"。在古代文人中常把诗文之美喻为 "兰章"，把友谊之真喻为 "兰交"，把良友喻为 "兰客"。

文／黄兴旺

# 擦车的女人

楼下有个洗车店。每次闲暇向楼下看时，我都能看到洗车店的情况：生意很清淡，擦车的是一个三十多岁的女人，女人的腿好像有毛病，走起路来，总是一拐一拐的。

开篇交待女人的腿有毛病，既写出女人的特别之处，也为下文埋下伏笔。

周末的下午，我在阳台里打扫卫生时，又看到了那个擦车女人，没有活干，她把抹布搭在肩上，坐在水泥台阶上看一本旧杂志。

动作和细节描写很到位。"把抹布搭在肩上"给人一种豪放之感，"看一本旧杂志"，写出女人不"矫情"。

不一会儿，一辆乳白色的本田轿车缓缓开了过来，在洗车店前面停下，车门打开，一个穿着黑色旗袍的胖女人从车里钻出来。

运用外貌描写，使胖女人的形象，与擦车女人的形象形成鲜明对比。

胖女人下车伊始，就一副颐指气使的派头，告诉那擦车女人："先把车里的所有东西都清理出来，然后把每个角落都仔细擦一遍；千万不要用湿抹布擦座椅；擦车身时轻点，别把漆划花了……"

语言描写，体现出胖女人的高傲。

擦车女人听完她的交待，就一拐一拐地把车里的东西都搬出来，然后，关闭了车门，用水管子往车上喷水，喷完水，再把车门全都打开，里里外外地擦个不停。

连续的动作描写，写出女人工作很认真，也写出了女人的工作很辛苦。

而那胖女便闪到一边，拿出手机打电话。

我打扫完卫生，刚刚回到卧室，便听到楼下传来争吵的声音，走到窗前，望下去，见那胖女人正在用手指着擦车女人发火。

我听了几句，才弄明白，原来是胖女人说自己在仪表盘上放了一百元钱。她下车前还在，但车擦完后，钱就不翼而飞了。所以，她认定是擦车女人拿了她的钱。

而擦车女人则在不停地叫着屈，说自己根本没看到车里有一百块钱。

于是，胖女人就急了，对擦车女人说："你说没有就没有吗？实在不行，我去派出所报案，事情闹大了，看谁还来你这儿擦车！"

擦车女人说："大姐，你真的是冤枉我了，我可以对天发誓，真的没看到车里有一百块钱呀！"

"算了算了，我的时间很宝贵，没工夫和你这种人争论，今天算我倒霉，就当拿一百块钱擦车了。"胖女人一边说着，一边上了车。

擦车女人嗫嚅着还想争辩，但一看对方已经上车了，就站在车后面不远处，一只手拎着抹布，一只手抹着眼泪。

写出了擦车女人的委屈和无奈。

接着，令人想不到的事情发生了：本应该向前开的车，却突然快速地向后面倒过来，那个擦车女人还没回过神来，就被撞倒在地上。

故事发展到了高潮阶段，扣人心弦。

随着一声刺耳的刹车声，胖女人慌慌张张地从车里钻出来，虽然站在二楼，我仍能清晰地看到她那张胖脸因惊慌而血色全无。我寻思着，这回这胖女人可摊事了，心里不免有些幸灾乐祸。

两个女人的状态一下子发生了逆转。

胖女人一扫刚才的神气模样，双腿打着颤，走路时竟比擦车女人拐得还严重，她看着坐在地上的擦车女人，嘶哑着说："你没事吧，我把挡挂错了，不是故意撞你的。"说着，要去扶擦车的女人，擦车女人伸手用力推开了胖女人的双手，悲愤地问她："先告诉我，刚才你究竟丢没丢一百元钱？"

通过动作、神态、语言描写，写出胖女人在事故发生后的窘状：紧张、可笑、滑稽，对擦车女人的态度与前文截然不同。而擦车女人并没有像胖女人那样讹人，即使被撞了，也要证明自己没拿那一百块钱。

胖女人带着哭音说："妹妹，是我错了，我刚才是故意讹你的，只是为了省下10元钱的洗车费，我对不住你呀！我送你去医院吧。"

擦车女人说："你先把擦车的钱给我。"

胖女人一听，忙不迭地把包里的钱都拿了出来，一沓百元的钞票连同零钱，都塞到了擦车女人的手里，说："这些钱你都拿着，治伤用。"

擦车女人从中抽出一张10元的，然后把其余的钱都扔在了胖女人脚下。

拒绝施舍，写出女人品质的高贵。

"我不要你的钱，你都拿走吧。我的腿没事。"她说着，把两条腿的裤脚向上一捋，我看着，吃了一惊，胖女人更是吓了一跳，原来，那是一双塑料的假腿。

交待女人走路一拐一拐的原因，让人为之惊讶，为之敬佩。

胖女人捡起地上的钱，又往擦车女人手里塞，边塞边哭着说："妹妹，你真是一个好人，这些钱你还是拿着吧！"

"我不会要你的钱，求你快开车走吧，别耽误我干活。"擦车女人的话斩钉截铁。

最终，胖女人收起钱，开着车离开了。

故事结尾，仿佛什么事也没有发生一样，这就是擦车女人最纯真的品质。

擦车女人拍了拍身上的尘土，挣扎着站了起来，她走路还像往常一样，一拐一拐的。

　　文中塑造了两个女人形象：一个是最初颐指气使后又低三下四的胖女人；另一个是身有残疾却不失尊严的擦车女人。两个女人，两种人生。也许胖女人的人生更惬意些，擦车女人的人生更艰辛些，但胖女人没有擦车女人的高贵品质，也永远体会不到被人尊重的感觉。

张君玮 ◎ 评

**━━ 知识链接 ━━**

　　本田株式会社 (ホンだ会社) 是世界上最大的摩托车生产厂家，汽车产量和规模也名列世界十大汽车厂家之列。1948年创立，创始人是传奇式人物本田宗一郎。公司总部在东京，雇员总数达18万人左右。现在，本田公司已是一个跨国汽车、摩托车生产销售集团。它的产品除汽车、摩托车外，还有发电机、农机等动力机械产品。

文/吕保军

# 给你说件真事儿

给你说件事儿，是件真事儿。

一个嗜酒如命的乡村医生，因他的医术高明，方圆十里八村的乡亲一旦有个大病小情的，就免不了投其所好，等他诊完病、开完方后，往往宴请他喝到尽兴。所以，他经常醉意朦胧地赶夜路归家。

有一天，他应邀去一个五六里外的村子出诊，竟一夜未归。家里人不放心，天一亮就急忙派人去找。那患者说，他昨夜里就走了，我们一起喝酒喝到11点多，本想留他住下，他却执意不肯。当时还有邻居相陪，可以作证。

家人一听就慌了神，急忙往回找。时值深秋天气，田地里刚耩上冬小麦，漫坡遍野一览无余，尽收眼底。走到离村二里远的那块裤裆地时，家人突然有一种不祥的预感：别是出啥事了吧？裤裆地是昨天傍黑时分刚刚犁过的，非常松软，犁铧翻土留下的道道细密的波痕还非常清晰。正中央有眼陈年枯井，并不太深，一眼就能望到井底。家人疑惑地跑过去一看，顿时大叫起来。他果然连人带车倒在井里，已经断了气。

他究竟是怎么死的？到今天仍然是个谜。说谋财害命吧，他那辆崭新的自行车却没丢，身上带的百十元现金也在。说误落枯井吧，中间隔着一块刚犁

第一段便照应文题，引起读者阅读兴趣。同时"给你"一词拉近了作者与读者的距离，使人有亲切感。

犁铧翻土留下的波痕还非常清晰，而人和车却倒在井里，渲染恐怖气氛，为后文"鬼打墙"埋伏笔。

种种猜测都被逐一否定，更能引起读者的阅读兴趣。

只剩一个解释——"鬼魂索命"，无论是真是假，作者的用意不在此。

讲明了故事的来源。

过的田，那眼井离地头有好几十米远呢，他是怎么连人带车跨过去的？如果那样的话，刚刚深翻过的田地里应该留有杂乱的车辙印迹的，可那松软的泥土上连半个车辙印和脚印也没有。说被人谋杀抛尸枯井吧，似乎也讲不通，他的浑身上下竟找不到丝毫伤痕。这究竟是怎么一回事呢？

只剩下一个解释：鬼魂索命！他不是喝酒了吗？一个醉酒的人在旷野上独自赶夜路，那酒味是最容易招鬼的。他多半是遇到了"鬼打围"。鬼打围你听说过吧？也叫"鬼打墙"。半夜里你全身冒着酒气，在寂寥无人的乡路上行走，走着走着，忽然前进进不得，后退退不能；左走走不通，右走走不动，好像四面被墙包围着，又仿佛掉进了深不可测的老井里。亦或你走啊走啊，走得满头大汗、精疲力竭的，以为走出了老远，其实只是在原地打转转。这都是孤魂野鬼们围住你，在存心戏弄你。大概那个乡村医生遇到的是个恶鬼，把他戏耍够了以后，又抛尸枯井中。不然你想，这事儿没法子解释啊！

你笑个啥，儿子？看你一脸的讪笑就知道，你一定认为这个故事是我瞎编的，是存心想吓唬你。说实话，这故事不是我编的，是从我父亲，也就是你爷爷那儿听来的。你爷爷说，他还是从他的父亲那儿听来的呢。就这么个貌似杜撰的故事，何以竟一代代流传了下来呢？可惜我那时太年轻了，没好好咂摸一下个中的滋味。我当时跟你一样，正值不知天高地厚的年龄，心傲气盛，特爱喝酒斗狠，仗着年轻、精力充沛，经常与一帮朋友喝酒到深夜才回家。当年我听你爷爷讲完这个故事以后，也是一脸的讪笑，跟现在的你一个模样，真的。我当时一点都不信，可我现在信了。因为后来的某个夜里我真的遇上了鬼。我真正想说的，其实是后来这件事儿。是件真事儿，我的亲身经历。之所以要把这件真事儿告诉你，是不希望你像我一样留下遗憾。你得好好咂摸咂摸，天下当父亲的为何都喜欢杜撰一些离奇的鬼故事给儿子听。

你爷爷讲的故事被我当了耳旁风，一眨眼就抛到了脑后。直到多年后的某一天，我应邀去五六里外的一个朋友家喝酒。那天我喝得很尽兴，一直喝到夜里11点多钟，喝得醉醺醺的。我执意要走，朋友强留也没留住。可我醉得连自行车都骑不稳了，就推着在路上走。刚走到半路，忽然怎么也推不动了。前进进不得，后退退不能；左走走不通，右走走不动。猛想起你爷爷讲的"鬼打围"的故事来了。我这情景，简直跟故事里那个被抛尸荒井的乡村医生遇到的境况一模一样。别是我也遇上"鬼打围"了吧？一霎时，仿佛身前背后蹦跳着许多面目狰狞的大小恶鬼，他们一个个披头散发、满身血污，在我的四周张牙舞爪，正试探着一步步向我靠近。只觉根根发梢直愣愣地竖了起来，顿时出了一身的冷汗。这一吓，酒彻底醒了。猛揉几下眼睛低头细看，原来自行车轱辘上缠了一条拇指粗的大花蛇！花蛇已经死了，可我仍心有余悸。拍打着狂跳不已的胸口朝黢黑无人的旷野茫然四顾着。料峭的夜风似一只只鬼手在肆虐地招惹着我的躯体。除此之外，似乎什么也没有。哦不！我惊恐的眼睛分明看到了紧贴身后的一个像是鬼魂的影子，他一路上时时刻刻跟定了我，那双无比担忧的眼神令我怅然不安。这个影子不是别人，正是你爷爷。一种无法言喻的情绪陡然揪住了我的心，仿佛醍醐灌顶一般，我豁然领悟了他当年讲那个故事的良苦用心。

那一刻你很难想象，一个喝醉酒的男人，在阒黑无人的旷野，在寂寥午夜的乡村道上，遥想着天国里的父亲再也忍不住悲伤，竟然痛悔得像个孩子似的号啕大哭。

父亲讲出亲身经历，不得不让人信以为真，作者也自然会恐惧。

环环相扣，步步设疑。最终揭晓谜底，揭示出父爱的伟大。

点明中心，离奇的故事中流淌的是质朴的父爱。

文章讲述了一个离奇的故事,故事的讲述人永远是父亲,而听者永远是不相信这个故事的儿子。后来,当儿子成为父亲后,又把故事讲给儿子听,如此往复,代代相传。而这个故事能代代流传的最根本原因则是故事里流淌着的是父亲对喝醉酒的儿子的担心,流淌的是质朴、浓烈的父爱。

田淼鸿 ◎ 评

### 知识链接

　　医学界将酗酒定义为:一次喝5瓶或5瓶以上啤酒,或者血液中的酒精含量达到或高于0.08。由于大量酒精会杀死大脑神经细胞,长此以往,会导致记忆力减退,还可能引起脂肪肝、肝硬化等肝脏疾病,情况严重者必须进行肝脏移植才能保全性命。

文/罗 西

# 狡猾

在福州，早市，一个老太太很自然地弯腰拿起买好装好的一把葱，正要走，被卖菜的老头长声叫住："麻烦把韭菜留下来！"老太太先是听不见，老头懒得客气了："你拿了我的韭菜！"老太太还疑惑着："什么？"老头再重复着："你拿了我的韭菜！"老太太才故作镇静地张开手："哦，不小心把韭菜也抓到了……"老头冲我坏笑着，意思说："你看，这点小伎俩，还敢在我地盘上玩。"显然那老太太是想贪小便宜，在拿走打包好的葱的时候，顺手牵走几根韭菜，小小的狡猾被当场识破。

通过一个老太太买菜的事引出"狡猾"的主题。

其实，这样的小狡猾，我8岁时候就用过。那时候，跟姐姐们打牌，"争上游"的那种玩法，两副牌，量多，过瘾。每次我都能拿到诸如8张K之类的大牌。姐姐们都惊叹，我牌技很烂，手气却很好。确实，我没什么真本领，就是在洗牌的时候，趁大伙不注意，事先把那些好牌踩在脚下，等抓牌一半的时候，故意说，手太小了，"哗啦"一下，手上的牌应声全掉地上，然后顺势抬起脚，把那暗藏的好牌也捡起来……

围绕"狡猾"二字展开叙述，首先讲述自己儿时的事情，体现作者童年时用"狡猾"带来的快乐。

一朋友与他太太常常不说话，生活如沉默片，若有交流，也是通过金钱外交，比如他在床头柜上看见一张百元钞，用打火机压着，那就说明，他太太当天拨给他100元家用，他拿走就是，不用回应，很默契。一天，钟点工来做卫生，在床头柜上见到面熟的300元钱，心动；然后，在衣角上擦了擦手，就取走了一张，她早摸透我同事夫妻的交流不畅的模式，所以很淡定地作案。巧的是，那天，同事的太太准备出门的时候，不知道为什么回想起那三张钞票，就情不自禁到床前查看。"不对啊，怎么一眨眼工夫就少了一张。"她可不是省油的灯，连老公都被她剥削成这样，拷问一个女钟点工，对她而言更是小菜一碟。不过，女钟点工也不是等闲之辈，她理直气壮，正义凛然："你不要冤枉好人，你可以搜身啊！"于是主动宽衣解带，让女主人搜个精光，确实，她口袋里只有20元零钞。

　　情况有点僵，不过，女主人马上又冷笑着："那好，我打电话报警，让警察来……"这下，钟点工招架不住了，赶紧投降，拉着女主人的手求饶，再带她到阳台，搬起那盆月季，那百元钞重见天日。两个身份悬殊的女人，四目相对，女主人再次冷笑，还口头表扬了她一句："看你老实，原来还挺狡猾的！"

　　狮子强大，是不用狡猾的，狐狸身躯弱小，只好狡猾。狡猾是弱者的小聪明。

　　早年，我刚入行做编辑，因为没有作者资源，组不到稿子。情急之下，常把自己写的用别名署上，正经地编辑一番，然后交给主编。一般都很容易就送审通过。自以为天衣无缝，滴水不漏。一天，退休的老主编回我办公室叙旧，我主动坦白交待那些往事，想不到她笑着告诉我："你那些小聪明，早就被我识破了！"我好奇，她说，我交上去的稿子，虽然是用别人手迹抄写，但是稿纸居然没有折痕，如果是外地作者邮寄来的稿子，一定是折过的……

　　她最后调侃，小狐狸是逃不过老狐狸的。然后，一起大笑。这老狐狸可谓大智若愚，隐藏那么久不揭穿，而且还让我得逞。谢谢恩师曾经的关照，一种装傻的智慧，一种宽厚的成全。

投机取巧，抱有侥幸心理。

保姆虽然自以为聪明，但还是被识破。

揭示主题：狡猾永远是弱小者的聪明。

本段写作者因组不到稿子就拿自己的文章充数，一直以为隐藏很好却没想到早被识破，点出小狐狸是逃不过老狐狸的。

作者通过列举多个实例,阐述文章主旨:狡猾是弱者的小聪明,小聪明者总自以为是,大智若愚才是真正智慧的最高境界,让人感同身受。

的确,狡猾的人看起来很聪明,其实是小聪明、鬼聪明;自以为很聪明,把别人都当成傻瓜,以为躲起来让别人抓不到就没事。其实狡猾的人一眼就可以认出来,例如,上海人称狡猾的人为"小滑头",就是因为他们的性格滑溜溜的,从动作、语言上自然会流露出轻浮和不真实的感觉,让人一看就知道是假的。

许多人认为,做人应该内方外圆,但圆也应该要有不变的原则,如果圆得没有原则、没有范围,就会变得狡猾,而这种狡猾又是不可取的。

所以,做人要诚实,不应该狡猾。

冯兴家 ◎ 评

## 知识链接

狐狸,食肉目犬科,象征着虚伪、奸诈和狡猾。

狐狸生活在森林、草原、半沙漠、丘陵地带,居住于树洞或土穴中,傍晚出外觅食,到天亮才回家。由于它的嗅觉和听觉极好,加上行动敏捷,所以能捕食各种老鼠、野兔、小鸟、鱼、蛙、蜥蜴、昆虫和蠕虫等,也食一些野果。因为它主要吃鼠,偶尔才袭击家禽,所以是一种益多害少的动物。故事中的狐狸形象,决不能和狐狸的行为等同起来。

文／江边鸟

# 别让坏情绪
# 成为连绵的阴雨

同事大翔驱车去办事，通过某收费站受到无理的阻拦。和工作人员进行激烈的争执后，大翔顺利地通过了收费站。不过，大翔的心情却立刻陷入了灰暗，胸中积郁着深深的郁闷。所谓"福无双至，祸不单行"，情绪不佳的大翔开车撞倒了一对路人夫妇，并造成不同程度的伤害。

到了医院，大翔才想起一句电台主持人的忠告：别让坏情绪成为连绵的阴雨。坏情绪有时候真的会蔓延，在一件不愉快的事件之后，或许紧接着又有新的麻烦。大翔和收费站工作人员争执，那只是一个小小的不快，但是发生车祸却是坏情绪的升级。而无辜的路人夫妇却是大翔坏情绪升级的牺牲者，如果之前的坏心情是天空的阴霾，那么之后便酝酿成滂沱的大雨。

其实，在我们平常的生活中，难免会有不顺心的事情，或者情绪会在瞬间内变坏。可是，爱也好、恨也罢，好情绪、坏情绪，我们都应该拿得起、放得下。

我有一个表哥在政府供职，爱人从单位下岗后家庭经济吃紧，于是在居民区开了间早点摊。表哥每天上班前，总要提前三个小时起来，帮爱人打下手，

開篇交待坏情绪导致发生了更糟糕的事情。

坏情绪影响之大。

不要被情绪左右。

把面粉等小吃笑容满面地端到顾客面前。在政府里表哥是指派科员忙这忙那的科长，到了早点摊却成了"店小二"。不过，表哥丝毫没有不适的感觉，而是全力以赴地在早点摊忙活。虽然早点摊上的活又脏又累也不体面，但是表哥去政府上班时，立即换上笔挺的西装，精神焕发地投入工作，心情完全没有受到影响。现在想来，表哥的淡定和从容是一种可贵的品质，宠辱不惊的心态可以让他面对生活里所有的风雨。

郑智化患了小儿麻痹症，一直拄着拐杖行走。初恋时，还因为自己的残疾，失去了至爱的女友。他流下伤心的泪水，却依然不忘自己的音乐创作，不放弃对未来的追求。后来，郑智化的歌声影响了我们70年代人的生活，他也成为我们心中的歌神。郑智化是坚强的，他跨越了昨日的挫折和伤感，拨开乌云见日出，获得了事业的成功。郑智化后来还找到了温柔漂亮的妻子，开始了幸福的生活。

所有能够冷静面对生活，走出坏情绪、逃避连绵阴雨的人，最后都会紧紧拥抱住阳光和阳光般灿烂的未来。

生活中总会有很多戏剧性的事情，只有拿得起放得下，才能活得洒脱，不被情绪所累。

列举事例，写郑智化走出了失恋和挫折的阴影，最后事业成功，获得幸福。

结尾深化主题，只有走出坏情绪才能拥有灿烂的未来。

坏情绪会影响我们的生活，甚至会造成无法估计的后果，给自己和他人带来痛苦。因此，不要让坏情绪影响我们，无论什么事，只有拿得起放得下，才能拨云见日。

司芳铭 ◎ 评

**知识链接**

郑智化，20世纪90年代最具影响力的华语歌手之一。3岁患小儿麻痹，至此他失去双腿。

在诸多70和80年代人心中，郑智化则更多地是一个另类、反叛、孤傲的代名词。代表作《水手》《星星点灯》，因其中包含着励志精神，在20世纪90年代初广受欢迎。

文/罗 西

# 偏 见

朋友家的狗，只要一随地小便，就会被扯着身子带到厕所里教育一番，训它下次不要再犯……结果，后面的状况是：那狗狗每次在客厅撒尿后，总是自觉地跑到厕所去待一会儿再出来！

开篇引出事例，风趣幽默。

这就是偏见。偏见常常是知其然不知其所以然。

短小精悍的总结，紧扣上文。

冰箱里有5个鸡蛋，第一个对第二个说："你看，第5个鸡蛋有毛毛哦！好可怕！"第二个鸡蛋对第三个鸡蛋说："你看第5个鸡蛋有毛毛哦，好可怕好可怕！"第三个鸡蛋对第四个鸡蛋说："你看，第5个鸡蛋有毛毛……"第五个"鸡蛋"听到了，冷冷回复："你们有没有搞错？我是猕猴桃！"

以冷笑话讽刺偏见是"见了也白见。"

这就是偏见，见了也白见。

有个段子："世界上第一高峰是哪座山？"老师问大学生。同学们哄堂大笑："珠穆朗玛峰啊！""那第二高峰呢？"同学们面面相觑，无人应声。老师在黑板上写："屈居第二与默默无闻毫无区别！"

这就是偏见。偏见就是侧重与忽略。

1960年，美国史上第一次电视竞选辩论，尼克松与肯尼迪对决，同步在电台直播。看电视的人都认为肯尼迪赢了，而听收音机直播的人均觉得尼克松赢了。

这就是偏见，过分依赖于一种感觉。

有一位盲人，生在美国南方，从小认为黑人低人一等，不和他们有肢体接触，可在念研究生时发生车祸，双目失明。"我最苦恼的是弄不清楚对方是不是黑人！"他向心理辅导员倾诉。当辅导员说自己就是黑人时，偏见消失了。"我失去了视力，也失去了偏见，多么幸福的事啊！"

　　左右我们行为的最大困扰是偏见，影响我们行为的最大阻碍是偏执。平心静气地看待问题和心平气和地讨论问题是我们每个人应有的美德。各种偏见，都是因为只从自己出发，而忘记世界的辽阔。

　　一位初学作曲的年轻人请勃拉姆斯欣赏一下他的新作。勃拉姆斯看了总谱，沉吟，然后很客气地问："你在哪里买到这么好的乐谱纸？"在判断有可能失准的情况下，先宽待；避免偏见最仁慈智慧的选择即教养。亦舒说，一个成熟的人往往发觉可以责怪的人越来越少，人人都有他的难处。其实，也是因为偏见越来越少。

通过举例总结上文，点出何为偏见。

人越成熟，偏见越少。

　　文章结构别出心裁。围绕"偏见"这一中心，作者为我们呈现出了六个小故事。文章前半部分罗列出五个例子，每个例子后面缀有一句短小精悍的点评，一步一步让我们了解何为偏见。随后引出最后一个例子，总结全文，升华主题，照应题目。

陈阳 ◎ 评

━━━ **知识链接** ━━━

　　理查德·米尔豪斯·尼克松（Richard Milhous Nixon, 1913年1月9日—1994年4月22日），美国第37任总统。1972年2月访华，打开了两国关系的大门，成为访问中国的第一位美国总统。尼克松因1972年6月17日发生的"水门事件"被迫辞职。尼克松是登上《时代周刊》封面次数最多的人物，共43次成为《时代周刊》封面人物，并于1968年和1972年两度荣登"时代周刊年度风云人物"。

文／顾晓蕊

# 善良是心灵的灯盏

运用排比句式，家虽简陋，但家中有所爱的妻子与女儿，家便是最温馨最美丽的地方。

为了家拼命工作攒钱，连家都不舍得回。又因思念之情而回家，写出家在"他"心中的地位。

用来之不易的血汗钱去给女儿买礼物，体现对女儿浓浓的爱。

心理描写，侧面写出内心的喜悦。

下了火车，冷风中夹杂着雪花，他下意识地拉拉衣领，朝家的方向走去。简陋的家中，有他朝思暮想的妻，有花骨朵般的女儿，有浓香的羹汤。想到这里，他的嘴角浮起一抹笑容。

刚结婚那会儿，家里真的很穷，妻子爱意灼灼的眼神，让他心里升起阵阵暖意。女儿半岁时，他决定跟同乡一起外出打工，苦些累些都不怕，他只想多挣些钱，让她们过上殷实的日子。

这两年，他披星戴月地干活，端起大碗吃饭，任城市的风尘皲裂了双手。他留下极少的生活费，其余的钱定期寄往家里，为了省下路费，连着两年没有回家。春节临近，思念煎熬着他的心，他决定怀揣积攒的血汗钱，回家过个团圆年。

走进院落，大门紧锁。妻在信里提到过，家里门锁损坏，临时换了新锁。等了一会儿，有些着急，心想，干脆到街上转转，给女儿买些零食和玩具。离开家时，她还是襁褓中的小粉团，如今女儿长高了，会喊爸爸了吧？

街市上一派热闹，他挑了一兜蜜橘，又买了毛绒小熊，转身往回走。路过一家小诊所，诊所门口有个女人，抱着孩子轻轻地晃，急得泪珠直往下落。"怎么办？这可怎么办？"女人像是絮絮自语，又像是在对他倾诉。

愣了一下，他试着问："怎么回事？"女人叹了口气，说："孩子发高烧，带的钱不够。你看，烧得有些迷糊，真怕耽误了病情。"他低头一看，小女孩脸色红红的，偎在女人怀里嘤嘤地哭。

摸了摸衣兜，闪过几分犹豫。他想起在外打工的艰难，每张钱都浸透着汗水。但转念一想，如果对面是他的家人，面临这样的窘境，他多么希望能有一颗善心，一双温暖的手，帮她们渡过难关。

通过心理描写，写出他的善良、友善。

他侧过身，从棉衣内兜里摸出钱夹，抽出一张50元，对女人说："拿着，给孩子看病要紧。"女人望着衣着简朴、有些木讷的他，眼泪再次夺眶而出。他说："快点取药去吧，先给孩子挂上针。"

有些放心不下，他跟在女人后面，陪孩子打了退烧针，又挂上吊瓶，这才舒了口气。到底是孩子，烧刚退下一些，就有了精气神。柔嫩粉红的小脸上，大眼睛闪烁如星，对着他手里的小熊，咯咯地直笑。

他把小熊递给女孩，说："你是勇敢的孩子，叔叔奖励你一个小熊。"小女孩接过小熊，宝贝似的搂在怀里。女人低头望着孩子，眼里全是疼惜与怜爱。看到女孩已无大碍，他转身离开了医院。

将女儿的礼物送给别的生病的孩子，更显心地善良。

回到家，妻子仍没回来。他倚在门口，又困又累，不知不觉睡着了。不知过了多久，他被轻柔的声音唤醒，揉揉惺忪的眼睛，看到站在眼前的妻。他咧嘴一笑，笑容突然凝固在脸上，原来，妻的旁边站着小女孩，怀里抱着毛绒小熊。

妻子笑吟吟地说："女儿今天发起高烧，幸亏幼儿园老师带她看病，现在好多了。"他把女儿揽进怀里，亲了又亲，将几滴热泪蹭到女儿脸上，引得妻子疑惑。雪纷纷扬扬地下着，飘成一片香雪海。

运用动作描写，写出他对女儿的思念与浓浓的父爱。

在外打工的日子，他遇到过各色目光，深感自身卑微如草芥。但无论何时何境，心里始终亮着"善良"的灯盏。正是这善良的灯盏，让人固守内心的纯净，引领人回到温馨的家园。

呼应题目。

本文通过一件小事来阐述善良的本质：善良是心灵的灯盏，能照亮自己，也能温暖他人。

内心善良，才会看见弱小而感动得自觉前去扶助，才会看见贫穷而情不自禁地产生同情，才会看见寒冷而愿意去雪中送炭。善良是我们内心最宝贵的财富，是我们彼此赖以生存和心灵相通的链环。善良能让我们在感动别人的同时，也被别人所感动，从而形成一泓循环的水流，滋润着我们哪怕苦涩而艰难的日子。

当我们伸出一双温暖的手，去帮助他人时，自己也会收获一份快乐。正如文中所说，"善良的灯盏，能让人固守内心的纯净"。

张怒 ◎ 评

---

**知识链接**

东汉时期青瓷灯的出现，逐渐取代了之前的青铜灯具。到了六朝时期，灯盏的造型已经基本定型为油盏、托柱、承盘三个部分。三国西晋时期的越窑青瓷灯盏，出现了将托柱做成熊的造形，并在承盘下安三个兽形或者是蹄形足。南朝的灯盏大多无足，而托柱变得很高。进入经济高度发达的唐代，灯盏作为实用兼装饰物而开始大量出现在宫廷和灯节之中，唐代常见的造型为碗碟状，内壁有一圆环。宋代由于陶瓷业的发达，各个窑口都有各具特色的陶瓷灯盏继续着盛世的辉煌。而明代灯盏的式样变化很多，有一种灯盏上部似一把带盖小壶，下为盆式托座，灯芯从壶嘴插入壶中，造型新颖别致。

文／闫荣霞

# 傲慢与偏见

　　去医院看病，一个衣着寒酸的老头子颤抖抖摸进内科的门，问："中医科在哪儿？"一个小护士，白衣白帽，面庞光洁美好，声调却冷冰冰如大理石："这儿是内科，不是中医科，出去！"

老头的寒酸与护士的傲慢形成鲜明对比。

　　那一刻，我希望自己立刻就是医院院长，可以劈头盖脸把她教训一顿，看她还敢不敢这么傲慢。

　　人为什么会傲慢？不过因他的背后是得意，得意的背后是自认能干，自认能干的背后是一叶障目，不见泰山；一叶障目，不见泰山了，只能在螺丝壳里做道场；而在螺丝壳里做道场的结果，不是郑重的滑稽，就是庄严的傲慢。

运用排比句式，层层深入，分析傲慢的原因。

　　而且傲慢也有等级。这个小护士是最低层次的傲慢，放肆、张扬，一旦比自己地位高的人出现，立刻收敛。像气球胀得快爆得也快，一针下去，扑哧！这种傲慢，古时多是由仆人、门房和赶大车的车夫表演。比如《红楼梦》里，刘姥姥初到荣国府，就见几个人挺胸腆肚，指手画脚，坐在大板凳上说东道西。刘姥姥问一句："太爷们纳福。"他们也只是眼角扫一下子，爱答不理，其实不过看门人而已；还有晏子的车夫，赶车走在闹市上，坐在车后的晏子满面谦和，他却扬扬得意，鞭花甩得啪啪响，大叫："让开！让开！"

用等级将傲慢形象化。

比喻生动形象。

用事例证明这种傲慢是最低层次的。

　　中级傲慢则是冷冰冰的优雅与含蓄，含蓄里又形象比喻把抽象的事物具体化。

包含着压抑不住的得意，如同开水壶里的蒸气，一丝一丝往外溢。比如贵族对平民，奴隶主对奴隶，有钱人对叫花子，还有，读书人对和尚。《夜航船》里载一事：有一和尚与一读书人同宿夜航船。读书人高谈阔论，僧畏慑，拳足而寝。僧人听其语有破绽，乃曰："请问相公，澹台灭明是一个人还是两个人？"读书人曰："是两个人。"僧曰："这等尧舜是一个人、两个人？"读书人曰："自然是一个人！"僧乃笑曰："这等说起来，且待小僧伸伸脚。"在这里，傲慢也不过一层纸，戳破之后挡不住的春光外泄。

举例说明中等傲慢容易外泄。

将高等傲慢比喻成中医施针，突显其特点。

高等傲慢则如中医施针，部位精准，施行周到，见什么人耍什么态。比如王熙凤，对拿不准身份，但知道是门子穷亲戚的刘姥姥，她的傲慢隐性、收敛，穿得光明鲜艳，坐在那里一动不动，敬茶也不接，用铜火箸慢慢拨手炉里的灰，慢慢说："怎么还不请进来。"这叫气派；帮贾珍在府理事，对众妯娌挥霍洒落，目中无人，这叫尊贵；对人人都瞧不起的赵姨奶奶则是词严色厉，若不是礼法所拘，早就一个大耳刮子抽过去，一股掩饰不住也不必掩饰的泼辣之气。

举例写不傲慢的两种人。

在等级森严的古代社会里，大概只有两种人不傲慢，一是刘姥姥这样的赤贫者；一是贾母这样的至高无上者。现代人又为什么傲慢？说到底，它是虚弱的优越感和不踏实的防御机能的混合体。因为没有办法准确建立自己的坐标，只好在对别人的傲慢中感知自我生存的优越。天不傲慢，地不傲慢，流云不傲慢，飞鸟也不傲慢，野草闲花、猪鸡牛羊都不傲慢，只有毫无真本事的人，对天傲慢，对地傲慢，对日月山川傲慢，对自己的同类更是无微不至的傲慢。

一针见血地指出傲慢的本质。

用幽默的语言结尾，有一定的讽刺意味。

行走江湖，步步担险，随时都可能被人傲慢——怎么办？持剑玩酷的是剑客，操刀谋生的是刀客，关中替人收麦的是麦客，给人当老婆的是堂客，希望以后出现一种职业：专门替被傲慢的人傲慢一把的傲慢客。

本文从医院小护士的傲慢展开,说明人为什么会傲慢,又将傲慢分为三个等级,各个等级又以生动的比喻、并辅相应的事例,将不同等级的傲慢刻画得淋漓尽致。最后阐述傲慢的本质:根本是虚弱的优越感和不踏实的防御机能。体现傲慢人的悲惨结果,借此表达作者对傲慢人的讽刺。

柴源 ◎ 评

### 知识链接

　　博客,又译为网络日志、部落格或部落阁等,是一种通常由个人管理、不定期张贴新的文章的网站。博客上的文章通常根据张贴时间,以倒序方式由新到旧排列。许多博客专注在特定的课题上提供评论或新闻,其他则被作为比较个人的日记。一个典型的博客结合了文字、图像、其他博客或网站的链接,及其他与主题相关的媒体。能够让读者以互动的方式留下意见,是许多博客的重要要素。大部分的博客内容以文字为主,仍有一些博客专注在艺术、摄影、视频、音乐、播客等各种主题。博客是社会媒体网络的一部分。

# 错怪一位残疾女孩

当她被我推进了柜台里面，感激而舒心地连声说谢谢我时，我再次无声地转过身去——我的眼里充溢着热辣辣的泪水。

文/薛 峰

# 不可始终让人仰视你

为人处世不可傲慢，摆出让人仰视你的姿态，这样你会把自己逼上绝路。我们都知道，凡是有宠可恃的人，必然有某种资本：或者和有权势的人物有某种特殊的关系，或者立过什么大功，或者具有某种为权势者所赏识的特殊才能。但是，社会上的事情是三十年河东三十年河西，什么东西都是变化的，当你春风得意的时候，你估计不会想到，将来有一天你也会落魄的。

张说是唐玄宗时的宰相，既有智谋，又有政绩，很得唐玄宗的信任，他也就恃宠而骄，目中无人，朝中百官奏事，凡有不合他意的，他便当面斥责，甚至加以辱骂。他不喜欢御史中丞宇文融，凡是宇文融有什么建议，他都加以反驳。中书舍人张九龄对他说："宇文融很得陛下恩宠，人又有口才、心计，不能不加以提防！"张说却轻蔑地说："鼠辈，能有什么作为！"

偏偏张说自己也不是个无懈可击的人，他贪财受贿，终于被宇文融抓住了把柄，向皇帝奏了他一本，吓得他在家待罪。当唐玄宗派宦官高力士去看望他时，他蓬头垢面，坐在一块草垫子上，一只粗劣的瓦罐中，盛的是盐水拌的杂粮。他战战兢兢，等待皇上的处分。唐玄宗知道这个情况后，倒颇同情他，想起他毕竟是有功之人，便只撤掉了他的宰相职务，从此不

总领全文，开门见山，点明文章主旨，全文以此为中心展开。

写出张说傲慢的表现。

以古代名人事例来论证本文观点，"目中无人，自谓清高"的人，终究会葬送于自己埋下的祸根。

再理会。

一个大臣恩宠正隆时，在处理人际关系时，常常表现为三种形式：对君上越发恭顺，以保其宠；对同僚排斥倾轧，以防争宠；对下属盛气凌人，以显其宠。这其实是一种很不明智的做法。这样一来，必然使自己陷于孤立。这样做更是一种缺乏远见的做法，殊不知你不会天天被人仰视。任何一位权势者都有自己薄弱的环节，不要因为一时的恩宠而忘乎所以，以为自己是一尊打不倒的金刚。

邓艾是三国时期魏国人，他原是一个以给人放牛为生的孤儿，又因为有口吃的毛病，总也没有能谋上个什么差使。后来由于一次偶然的机会，他遇见了司马懿，司马懿发现他并非寻常之辈，便委以官职，从此他跻身于魏国的军界官场。由于他出色的军事指挥才能，屡建奇功，官职一再升迁，从一个下级军官最后封侯拜将，成为魏国后期最为出色的将领。

公元263年，邓艾奉命率师西征蜀国。蜀道难，难于上青天。可他不畏艰险，迎难而上，在穿行七百里无人地带时，沿途尽是不见顶的高山，不可测的深谷，粮食又已经用尽，军队几乎陷入绝境。邓艾身先士卒，亲自前行探路，有的地方根本无路可走，他便用毯子裹身，从险峻的山崖上滚落下来。就这样历经险阻，走奇道、出奇兵，出其不意地包围了蜀国的京城成都，迫使蜀国的皇帝后主刘禅束手投降，刘备所开创的蜀国自此灭亡。

由于建立了这样的功勋，朝廷下诏大大地褒奖了邓艾，授他以太尉这最高的官衔，赐他以两万户最厚的封赏，随他出征的将官也都加官晋级。许多人对他吹捧至极，说他如何如何厉害。

邓艾因此居功自傲，扬扬得意地对部下说："你们要不是因为我邓艾，怎么会有今天！"又对蜀中人士说："要不是遇到我邓艾，你们恐怕早就没有性命了！"同时，他给朝廷中执掌大权的司马昭提出了他

一一列举大臣受恩宠的三种表现。

用议论引起下文。

立下功勋。

在众人的吹捧下，开始自傲起来。

对下一步行动的安排：虽然现在是乘胜攻吴的好时机，但士兵太疲劳了，可留在蜀中休整，将来再作打算。对刘禅，应该优待，封他为扶风王，其子也封为公侯，原有的部下也要赏点钱财，以表示对投降者的恃宠。

进一步写出邓艾自傲的表现。

应该说，邓艾的建议有一定道理，但这样的事情，只有中央朝廷才能有决定权。所以，司马昭对他未置可否。于是邓艾一而再、再而三地向上提意见，坚持自己的看法，并当众宣称说："我受命出征，既然已经取得了灭国虏帝这样的重大胜利，至于安排善后的事情，就应由我处理。蜀国的地理位置十分重要，应迅速安定下来，如果有什么事情都要等到朝廷下命令再做，路途遥远，延误时机。古人说过，大臣在离开国境后，凡是有利于国家之事，有权自己做主，现在是非常时期，不可按常规办事，否则要失去良机。"于是，邓艾不等朝廷吩咐，自己开始整治蜀国。

以司马昭的性格，怎能允许有这样一个危险人物在身边呢，为下文埋下了伏笔。

邓艾的一番话自然没有什么错误，但对于一个手握重兵、远离国土的人来说，这种话不能不令人心生疑窦。与他一同出兵的钟会对他的大功本来就十分忌妒，便以此为把柄，诬告邓艾有谋反之心；司马昭也担心邓艾功高权大，难于控制，于是一道诏书下来，将邓艾父子用囚车押回京师，中途被仇家杀掉。

可见，人不可傲慢，更不能居功自傲，把自己看得如何了不得，整天让人仰视。傲慢具有强大的杀伤力，哪怕你建立了再多的功勋荣耀，稍不留意，你的光环之日，或许就是你的终结之时。

傲慢会是一把刀，刺入那些不可一世的人的内心。

点明文章主旨，升华主题。

本文举多个例子，从正反两方面来说，人不可以太傲慢，不可以始终让人仰视你。这样才不会摔跟头，才不至于招人陷害。

　　的确，傲慢是一把锋利的刀，不但会伤到别人，更会伤到自己。如果你不是一个傲慢的人，日后千万不要变成傲慢的人；如果你已经是一个傲慢的人，那请脱下傲慢的外衣，做一个低调的人，你会从中体会到别样的快乐。

王馨迎 ◎ 评

### 知识链接

　　张说(667—730)，唐代文学家、诗人、政治家。字道济，一字说之。原籍范阳 (今河北涿县)，世居河东 (今山西永济)，徙家洛阳。武后策贤良方正，张说年才弱冠，对策第一，授太子校书。累官至凤阁舍人。因忤旨流配钦州，中宗朝召还。睿宗朝同中书门下平章事。玄宗开元初，因不附太平公主，罢知政事。复拜中书令，封燕国公。出为相州、岳州等地刺史，又招还为兵部尚书、同中书门下三品，迁中书令，俄授右丞相，至尚书左仆射，中与张嘉贞有过权力争斗，最后扳倒张嘉贞，自任首席宰相。卒谥号文贞。与苏颋 (封许国公) 齐名，俱有文名，掌朝廷制诰著作，人称"燕许大手笔"。公园730年病逝，寿63岁。

文／凉月满天

# 掌心化雪

这是一个真实的故事。

她丑得名副其实，肤黑牙突，大嘴暴睛，神情怪异，好像还没发育好的类人猿，又像《西游记》里被孙悟空打死的那个鲇鱼怪。爸爸妈妈都不喜欢她，有了好吃的好玩的，也只给她漂亮的妹妹。她从来都生活在被忽略的角落。

运用比喻，突出其丑。

在学校，丑女孩更是备受歧视，坐在最后面，守着孤独的世界。有一回，班里最靓的女生和她在狭窄的走廊遇上，一脸鄙夷，小心翼翼地挨着墙走，生怕被她碰着，哪怕是衣角。丑女孩满怀愤懑，又无处诉说，回家躺在黑暗里咬牙切齿，酝酿复仇——她要买瓶硫酸，送给同班的靓女，甚至妹妹也要"变丑"，逼着父母学会一视同仁。

通过动作，写出女孩自卑的内心。

不是没有犹豫。她一直善良，碰见走失的猫狗都会照顾。于是，她蒙着纱巾，遮盖住丑陋的面孔，去见中科院心理研究所的老师。哪怕对方有丁点厌恶，都足以把她推下悬崖。

运用欲扬先抑的手法，写女孩虽然相貌很丑，但内心很善良。

老师眼神明净，声音柔和，鼓励她解下纱巾。她踌躇地照做了。老师微笑着起身，走过来，轻轻拥抱住她。那一刻，陌生温暖的怀抱，化解了她身上的戾气，让她莫名落泪。从此，丑女孩一改阴郁仇视的眼神，微笑的她最终被父母、同学接受。

拥抱的力量。

点明主旨，说明人人都需要被关爱，人人也都应该付出一份关爱。

过渡段，承接上文，引起下文。

举例说明关爱他人是一件很幸福的事情，也能获得精神上的满足。

善良、温暖见于点滴间。

一点点的温暖与鼓励，都柔软如掌心化雪般自然，但带给别人的却不只是一点点希望。

只需一个拥抱，就能改变一个人的一小时，一天，一个月，乃至一生。

平凡如我们，都需要这样的爱，相互鼓舞慰藉。

记得有一次，我去医院看眼睛，被点了药水之后，刚才熟悉的世界陡然陷入黑暗。身外一片人声扰嚷，脚步杂乱，我却战战兢兢不敢举步，恍惚只觉面前横亘万丈深渊。幸好有只手伸过来，轻轻把我送到长椅上坐定。这只陌生的手让我渐渐安心，心情坦然。

我的先生只是市井小人物，但是"无缘大慈，同体大悲"的精神深入骨髓。他每月工资少得可怜，从不肯乱花一分钱，但是身上总是带着硬币，施予沿途乞讨的老人。有一天，我们结伴回家，他看到一位老人在秋风中双手抱膝，脑袋低垂到胸前，瑟瑟颤抖，马上掏出零钱，又拉着我走到附近一家小吃店，买了几个热包子，放到老人面前。他做这一切都很自然，从不骄矜自喜，反而觉得羞愧，羞愧自己能力不够，无法"安得广厦千万间，大庇天下寒士俱欢颜"。

这个世界流行的是强者和超人，渺小如蝼蚁、脆弱似玻璃的小人物，更需要有洞察力的眼睛，需要有力的手，带他们走出窘境。假如你碰到黑暗里挣扎的人，请不要背过身去，伸出一只手，就能给对方一个春天，让一颗心慢慢复苏。即使对方并不知道你是谁，也会一直记得你掌心的温度。

不以善小而不为——一个温暖的眼神，一句轻轻的鼓励，都足以变成一个人心中的蜂飞蝶舞、水绿山蓝。因为现实如此冰冷坚硬，人心更要柔软，好比掌心化雪，滴滴晶莹。

文章从"丑女"到"我和丈夫",逐层展开,最后阐明"掌心化雪"的深刻含义:帮助那些弱者,往往更能突显帮助的效果。因为强者永远都不缺少鲜花和掌声,更不缺少鼓励和安慰,而弱者最缺少的就是这些,但却很少有人给予。

　　所以,当那些弱者身处逆境时,不要远远地躲开,一句安慰的话语,一个鼓励的眼神,足以让他们蜂飞蝶舞、水绿山蓝。

卢冠初 ◎ 评

### ━━ 知识链接 ━━

　　名字为《西游记》的著作主要有三部:其一为元道士丘处机的地理著作《西游记》;其二为杨景贤的杂剧《西游记》;其三为"华阳洞天主人"(一般认为是吴承恩或李春芳)的小说《西游记》。本文中的《西游记》又名《西游释厄传》,是中国古典四大名著之一,由明代小说家吴承恩编撰而成。此书描写的是孙悟空、猪八戒、沙和尚保护唐僧历经九九八十一难,到西天取经的传奇历险故事。

文／秦小睦

# 被放大的难度系数

编辑部出品的时尚生活类杂志有了不错的销量，在各个城市的地铁、校园或家庭里，有着庞大的忠实读者群。在保持时尚生活类杂志良好发展势头的同时，老总决定再出一本针对成熟女性的文摘杂志。

眼前，迫在眉睫的是寻找新杂志的主编，老总有意在原有的编辑团队中寻找人选。说到新杂志主编的位置，虽然有杂志创办失败的职业风险，但是能另立门户拥有自主权，还是很有吸引力。编辑部有六位编辑：资深主编老刘，三位超过五年"工龄"的大李、杨姐和文子，还有入职时间不到一年的小赛和小坤。按大家的预测，老刘不会轻易"挪窝"，新杂志的主编很可能在大李、杨姐和文子中产生。传言归传言，三位候选人都很低调，并没有很明显的动作。

老总任命新杂志主编的日期越来越近了，办公室里顿时有了一种微妙的气氛，好像每个人都在默默较劲，好像个个又都无所谓的样子。当老总嘴里吐出"小坤"这个名字时，空气顿时凝固了，被意外击中的大家半天才回过神来。原来，刚过试用期的小坤捧出完整的新杂志办刊计划，而且对主编的位置也表达了热切的向往。由于没有其他人主动自荐，更没有人对文摘杂志提出自己的看法，老总"不拘一格降人才"——将主编的位置交给了年轻的小坤。

交待故事发生起因。

描写形象生动。

三位"候选人"的表现为小坤当选做主编埋下伏笔。他们不积极的做法反衬出小坤的积极争取。

结果出人意料。

会后，老刘找小坤聊天："小伙子，不错哦，和我这头'老牛'平起平坐了。我就奇怪了，你一个新人争取新刊主编的位置，你就没被这么大的难度系数吓倒吗？"小坤笑着说："其实，很多时候，难度系数被我们无限放大，获得成功其实并没那么难。"

　　老刘的话引出下文小坤的回答，与文题主旨紧密照应。

小坤说到自己学习英语的经历："和许许多多的年轻人一样，我对于学习英语有着莫名的恐惧，高考时甚至被英语拉低了总分，最终念了一个不怎么好的大学。后来，我和许多同窗一样，选择了风靡一时的疯狂英语，还多次听李阳现场热情洋溢的演讲。有一次，李阳老师说，外国人都能学会我们深奥的方块字，我们没有理由学不会洋人的二十六个字母。听李阳这样说的时候，讲台下的学员并没有被激励，心底的畏惧依旧在膨胀。"

　　逐显文章主旨。

小坤接着说："当李阳看到自己的激励没有作用，他开始给大家讲在兰州大学象牙塔内的生活。大学时代的李阳并不像现在这样耀眼，一米八二的他甚至非常平凡。当时，兰州大学有一个非常漂亮的女孩，不仅歌唱得好、舞跳得好，还是省模特队的队员。女孩被校园里的男生推举为'校花'，暗恋她的男生比爱吃拉面的人还多。李阳对女孩也动了'凡心'，当他实施自己的追求大计时，本以为竞争对手多如牛毛。没想到，只是一封热情洋溢的情书，加上一束鲜艳的玫瑰花，校花便成了李阳的女朋友。当李阳说'丑男抱美女'时，学员顿时会心一笑，对英语的恐怖顿时减轻了许多。"小坤说得在理，老刘欣赏地拍了拍他的肩膀。

　　女孩的形象与李阳的形象形成鲜明对比。

"蜀道之难，难于上青天"，人们总是容易将办成一件事的难度系数放大。当拥有了被放大的难度系数后，也就容易滋长畏手畏脚、无所事事的习性，而那些貌似很难、其实不难解决的难题，便真的没有解决的希望了。

　　点明中心：有些问题并不难解决，是我们自己放大了困难的系数。

本文从竞选主编着手，情节设计意料之外，情理之中，最后点明中心：不要将事情的难度系数放大。

很多时候，我们之所以被困难吓倒，不是因为困难多么难以跨越，只是我们无形中放大了困难的系数，被自己打败。困难就是一道坎，轻轻一迈就会过去，最多是摔个跟头。

困难并不可怕，可怕的是用放大镜去瞧它。所以，面对困难我们要有足够的信心，坚信我们一定可以战胜困难。

马海博 ◎ 评

**知识链接**

爱因斯坦的"相对论"发表以后，有人曾炮制了一本《百人驳相对论》，网罗了一批所谓的名流对这一理论进行声势浩大的挞伐。可是爱因斯坦自信自己的理论必然胜利，对挞伐不屑一顾，他说："假如我的理论是错的，一个人反驳就够了，一百个零加起来还是零。"他坚定了必胜的信念，坚持研究，终于使"相对论"成为20世纪的伟大理论，为世人瞩目。

文/易 昂

# 永恒的歉疚

我上初中二年级的那年秋天，班里转来一名叫云的女生。她家离这里有三十多里路，在南阳湖（微山湖的一部分）边的一个渔村。她是投奔姐姐来到我们村，并进入这所中学的。因她姐姐家与我家有亲戚关系，她又比我大两岁，家人们介绍时便说：这是你姐姐，在学校里互相照顾点儿。我当时是班干部、团干部，又是学习尖子，便以主人的身份从心里接纳了这个远道而来的亲戚。

我每天去她姐姐家接她，然后一起去学校（学校建在离我们村庄大约一公里的漫洼里）。后来，她就主动来我家邀我（她姐姐家离学校比我家远），因为有一层亲戚关系，彼此渐渐熟起来，相互也有一种只有年少时才会有的别样的亲切感。她当时就长得比我高，上身常穿一件很合身的女式绿军褂，像个女兵似的。她那时已开始从各方面注重演绎女孩子的爱美之心和细腻情感，整天打扮得干净利落，涂抹得白净净、香喷喷的，不算大却蔚然深秀的眼睛里，时时云集着（我当时看来的）无限风光，常常掠过飘忽的云影。我当时就觉着她很美，并且很懂事、很善良、很温馨。我为有这样一个亲戚、一个姐姐、一个同学而欣悦、自豪。看样子，她也特别喜欢我，即使在星期天，她也常找我一块儿复习功课。后来的"问题"和"麻

最初，"我"对云的态度很友好，为后文埋下伏笔。

透过作者的眼睛我们看见了一位如画般纯朴动人的女孩，在少女如云的眼眸中，我们看到了澄澈与美丽交织成的绚丽的青春。

"烦"也许就出在这里。

当时，刚恢复高考（包括初中、中专）没几年，各学校都特别注重中榜率，把学习抓得非常紧。秋忙之后，课程安排得明显紧张起来：早晨，天不亮我们就得到校晨读；晚上，还得到校参加晚自习。尽管云的年龄比我大，个子比我高，平时像个大人似的，但一到了凌晨和夜晚，女孩子的"弱点"就暴露出来——她不敢离开我和同学们半步。而本来就有些忌讳异性接触的同学们（说来也巧，和我们一路走的就云一个女生，况且云的那身打扮也确实很另类），在一个好事（搬弄是非）而嘴碎的男生的挑拨和煽动下，同学们都渐渐与云和我划清了界线。不用说，我和云也都体会到这意外的"孤立"了，感觉到渐渐长大的同学们已不再那么天真和无邪。可我不能丢下她不管，便硬着头皮一如既往地陪她走过了整个冬季的凌晨和夜晚。

可是，事情的发展绝不像我想的那么简单。到了春季，田里的麦苗越长越高，从村庄到学校的田间小径早已湮没在无边的庄稼里。一天晚自习回来，当我和云刚走到小径的中间时，前面不远处传来一种恐怖的叫声，接着就有黑影在麦田里时隐时现。云先是吓得抓紧我的胳膊，继而大声骂起"鬼"来……待我把她送到她姐姐家时，分明看到她的眼里噙满泪水——显然是因为那些比鬼还可怕的人们。

第二天下午，就有一个和我要好的同村同学非常神秘地告诉我，有人在麦田里看到我和云拉拉扯扯，有不正常的举动。其他同学看我的眼神也变得怪异起来。连别的班级的学生对我和云也开始指指点点……我感到一种从未有过的屈辱和恐惧。那天夜里，我就独自一人早早地来到学校。从此，我便不再邀云上学，就连白天也故意躲着她。她有时想和我说句话，也被我冷漠地避开。我当时认为，这种事又不能解释，沉默和避嫌是最好的应对，为云，也为了自己。

这种感觉似曾相识，女孩其实有她最柔弱的一面，无论外表如何坚强，其实她们都是花瓣——轻柔芬芳。

"嘴碎"是一个贬义词，从中可以察觉到作者的气愤和无奈。

那些想看热闹的人，用卑鄙的做法、刻薄的词语，去破坏美好的一切。

通过心理描写和行为描写，写出作者当时的恐惧。

可是，令我未曾料到（我原以为她会绕道和其他女同学一起或干脆在家晨读和自习）并深深遗憾和内疚的是：自此，晨读和晚自习再看不到云的影子，后来连白天也看不到她的影子了。据她姐姐说，她哭了多半天，毅然回湖边的村庄了……

交待结果，令人惋惜，也告诫读者：不要留下永恒的歉疚。

人生若只如初见，只留有见面时一瞬的美好，是否可以保存着一世的惊艳？年少的我们在青春这条征途上摸爬滚打，以为可以相互扶持走很远，蓦然间，我们却彼此伤害，在两条人生路上越错越远。那时的感情真的好似水晶般澄澈、美丽、透明，可是一旦碎了，就再也无法修复。

那位叫云的质朴的女孩，就犹如一片从远方吹来的云，又被风吹去。留下了什么？留下了些许雨，那是她凄凉的泪珠，必然会在某一天流经作者的心田。他的歉疚是永恒的，因为他再也无法弥补。当在某一个洒满阳光的午后，他是否还会想起那段无果的记忆，那个没有分别却牵挂一生的分别？到那时，他是否会用苦涩的笑，掩盖心中的痛？

任灵茜 ◎ 评

**知识链接**

南阳古镇，距济宁市区约40公里，位于微山湖北部的南阳湖中，古老的京杭大运河穿镇而过。古镇北依济宁城区，紧靠山东三大都市带，南面是江苏的苏北地带，东面是国际旅游目的地孔孟故里曲阜、邹城，西面是牡丹之乡菏泽。南阳镇离京福高速30公里，距济宁机场60公里，区位优势明显。

文／毛利权

# 得与失都是福

交待故事发生的背景。

几个朋友小聚，坐在同桌的人来自各个行业，大家都争先恐后地畅谈自己的工作和生活。

红利在机关工作，他总觉得自己的工作太单调，整天坐在办公室里，每天只用不到一个小时的时间就能将一天的工作处理完毕，其余的时间，便是上网、喝茶、看报纸……大家对红利的工作羡慕不已，这样的工作环境真是清闲自在。恰恰相反的是，红利总是快乐不起来，他苦恼地说："每月的固定薪水，除了支付日常的生活费用外，便所剩无几了，尤其是终日要看领导的脸色行事，苦不堪言。真羡慕那些自由自在在商海里遨游的朋友，总是无忧无虑、开开心心地赚钱。"

第二、三段写了众人心中的想法，为阿强的发言作铺垫。

红利刚说完，身穿一身名牌时装的邵华便接着谈。邵华在商界可谓佼佼者，除了一个服装总公司外，旗下还有5个分公司。每天都像上紧的发条，忙得不亦乐乎，就连和朋友们相聚也不能按时赴约，大部分休闲时间都被繁忙公务取代了。邵华心里一直非常羡慕坐在机关里的朋友，每天的工作规律一成不变，而且最难得的是拥有固定的休息日。如果那样的话，就可以利用周末带着老婆和孩子到处游玩……

大家都在激烈地争辩着，公说公有理，婆说婆有理，唯独坐在角落里的阿强一声也不吭。在大家的一再启发下,阿强不紧不慢地说出了心里话:"我和你们不能比,我一是没有钱,二是没有工作,每天日出而作,日落而息,面朝黄土背朝天。虽然条件稍微苦了点儿,不过,看到自己辛勤栽培的绿色蔬菜能被城里人认可,每年还没等蔬菜上市,订单就早已来了,我感到很欣慰,攥着自己赚下的辛苦钱,过着平平淡淡的生活,心里别提多美了。"

虽然很辛苦,但很快乐。

阿强的话倒很中肯,整个房间变得鸦雀无声,大家只是你看看我,我瞅瞅你,不时向阿强竖起大拇指。

阿强的发言语言中肯,毫无夸张,他的生活状态让每个人都很羡慕。

在机关工作虽然很清闲,但他时常羡慕那些有钱人,内心感觉很累;在商界闯荡的人过度疲劳,成天除了钱,还是钱,一心为了挣更多的钱,物质生活的优越,并没有使他的精神生活快乐起来。相反,阿强的做法着实给大家上了一课,虽然他从事的是"卑微"的工作,但是,他丝毫没有对此抱怨过,而是乐在其中,岂不快哉!

鱼和熊掌,不可兼得。无论在机关还是自己创业自谋生路,或多或少缺少一些东西,那就是快乐。

说明道理,引用恰当,引人深思。

生活中的快乐是常有的,同时烦恼也是存在的。关键是怎样调整自己的心态,主动到生活中寻找快乐,并在快乐中生活。

快乐才是最重要的。

得到了是因为没苛求,失去了也不必太在乎。

得到是福,舍得是福,知足才是最幸福……

揭示主题。

生活中的得与失,有时表面上得到了,但实际却失去了。有时表面上失去了,但实际却得到了。失去是一种痛苦,也是一种幸福。因为在失去的同时也在得到,失去太阳,却得到了天上的繁星;失去了绿色,却得到了丰硕的金秋;失去了热闹,换来了幽静;失去了成功,可以总结取胜的经验。塞翁失马,焉之非福。所以我们不但要学会享受得到的欢乐,同时也要学会享受失去的痛苦。

张恩搏 ◎ 评

━━ **知识链接** ━━

"绿色蔬菜"是绿色食品的一种,指蔬菜在生产过程中残留在蔬菜里的农药残留物指标低于国家或国际规定的标准。所以说,"绿色产品"是相对的,不是绝对的。评定"绿色产品"还取决于其他一些指标,比如"绿色产品"的生产过程中对环境、土壤、地下水的污染,能源的节能;"绿色产品"在使用过程中对人是安全健康的,对环境是无损害的;"绿色产品"在消亡过程中也是对环境没有污染、能迅速降解的……

绿色食品需要符合的5个标准:

标准一:产品或产品原料地必须符合绿色食品生态环境质量标准。

标准二:农作物种植、畜禽饲养、水产养殖及食品加工必须符合绿色食品生产操作规程。

标准三:必须符合绿色食品和卫生标准。

标准四:外包装必须符合国家食品标签通用标准。

标准五:符合绿色食品特定的包装、装潢和标签规定。

━━━━━ 写作技法积累 ━━━━━

### 文学艺术表现手法

文学艺术表现手法也可称为文学艺术表现方法(或表达技巧),凡是能使文章整体或部分产生鲜明强烈的印象,达到感染读者的艺术效果的手段或方法,都可视为表现手法。主要着眼于使文章的整体或部分产生效果。

常见的表现手法有:赋、比、兴、烘托、象征、用典、白描、蒙太奇、托物言志、借景抒情、心理刻画、寓庄于谐、联想和想象,等等。

文/纪广洋

# 错怪一位残疾女孩

　　这是我经常进出的一家小书店,它销售全国各地的报刊杂志。周末的下午,当我再次来到这家小书店时,因为一场小小的误会,让我注意起书店的女主人来。

开篇介绍了事情发生的地点、人物、起因,引起读者阅读兴趣。

　　以往,我每次来到小书店,总是很顺利地找到自己要买的书刊,然后走近总是端坐在一节柜台后的女店主,交钱走人。谁知,这次我要买的一本杂志,明知该来了,就是找不到。我细心地搜索两圈之后,便问女店主:"××杂志来了没有?在什么地方放着?"

为后文埋下了伏笔。

　　"来了,在第二排的头上。"女店主轻柔地回答。

体现了店主是一个很随和很温柔的人。

　　我慌慌张张地在自己认定的"第二排头上"找了一通,仍是没找到。便又问女店主:"在哪个头上?我怎么找不到?"

　　"第二排的那头——"女店主显然是笑着拉长了声调对我说。

作者的态度反映了心情上的变化,通过语言描写显示出不耐烦的心理。

　　我还是没找到,于是有些不耐烦地嚷道:"哪头?到底来没来?"

　　我开始对女店主稳坐经营的态度有些气愤——无论顾客因找不到自己需要的书刊如何烦乱,她从来没走出过柜台半步。

　　"请你看看我。"女店主忽然大声说道。

　　我应声望去——女店主马上以一种用意会演绎

第一次出现"请你看看我",作者有些不解:为什么要看呢?

这段多处运用了动作描写，传神地写出了女店主仔细地为"我"指示地方，但也同时蒙上了一层薄雾，为什么女店主不走过来告诉呢？

着的别样的眼神咬定我的目光，并娴熟地用下颌和右手的食指非常传神地指示给我那本杂志确切的位置。我终于找到了那本杂志，可我对仍然端坐在那里的女店主怀着一丝说不上来的不忿，在交钱的时候，脸上可能带有些许愠色。女店主开始用一种略带愧疚的眼神闪烁其词地一遍遍地扫视我，并连声说："实在是对不起，让你受难为了……"

我把钱往前一推，竟然没吭声，转身向门外走去。

通过动作描写，体现了"我"极其不满。

"请你等等——得找你两毛钱。"女店主在我身后仓促而急切地叫道。

我假装没听到，昂首朝门外走去。

"请你等等，请你看看我……"女店主的声音有些失常。

第二次出现"请你看看我"，但这次声音有些失常，体现了女店主的急切心情。

我终于停下了，慢慢地转过脸去——女店主手摇双轮车已"走"出那节柜台，右手指夹着一张两角的纸币，愣愣地看着我。我马上意识到自己错了，错怪了一位残疾人。我快步走回去，接过那张再不能用价值衡量的两毛钱，并用双手抓住双轮车的推手，把她慢慢地往回推。她努力地侧转身，仰起脸，定定地看着我，颤悠悠地小声说："真对不起……家人为了多放些书刊，把这个小房间塞得很满，连中间也摆上书案，这样一来，我的车子就无法在书架和书案之间随意走动了……"直到这时，我才看清楚，所谓的女店主其实是一个二十来岁的大女孩，她异常深情的眼神饱含着对顾客对人生的无限热爱。

写出了"我"当时的吃惊。此处写出了"我"的后悔紧张。"定定""颤悠悠""小声说"体现了女店主的善良真诚，使人生出一种怜悯之情。

她被我推进了柜台里面，感激而舒心地连声说谢谢。我再次无声地转过身去——我的眼里充溢着热辣辣的泪水。"请你看看我"这句非同寻常的话语在我耳畔久久萦绕着——是该看看她，看看她（他）们。

结尾耐人寻味。

一个书店，一屋书籍，一个她，一种阳光，一种温暖，一种对生活的热爱。本文描述了"我"起初因找不到书而埋怨女店主，到后来的理解、感动，并从中明白了应多多关爱如女店主一样善良的、热爱生活的残疾人们。请看看他们帮帮他们，理解他们。请我们关爱残疾人，给予他们更多的帮助，使我们的周围充满爱！

任灵茜 ◎ 评

**══ 知识链接 ══**

　　杂志形成于罢工、罢课或战争中的宣传小册子。这种类似于报纸注重时效的手册，兼顾了更加详尽的评论。所以一种新的媒体随着这样特殊的原因产生了。最早出版的一本杂志是于1665年1月在阿姆斯特丹由法国人萨罗（Denys de Sallo）出版的《学者杂志》（《Le- Journal des Savants》）。

第三辑

# 穷人的牢骚

那不绝于耳的牢骚，仿佛是穷人在身处困境时的另类动力，从来不放弃追求财富的动力。换言之，有牢骚的穷人不是没有希望的，但是如果将牢骚化作动力，那么穷人离致富的目标便会近一些，再近一些！

文／张宏涛

# 电视闹鬼

晚上十一点，我正在看电视，突然，有人敲门。我懒洋洋地问道："谁啊？"对方冷冰冰地说："都十一点了，拜托将电视声音关小点！"原来是新搬来的邻居。我不耐烦地说："知道了。"随即将声音调小了一点。

五分钟后，我又将电视声音调大了，声音太小听着实在不过瘾，不过对方如我所料，没有再来打扰我。

我们这层出租屋的墙是薄薄的木板墙，因此隔音效果特别差，自从我租住进来后，没少引来左邻右舍的抗议，因为我习惯看电视到深夜，而且声音总是调得不小。每次邻居找上门，我总是立刻答应他们，并将声音调小，但过几分钟后，我就会再将声音调大。他们抗议的话，我就再调小，不久再调大。这样一来二去，就没有人再抗议了。后来右边的邻居受不了，搬走了，这个新搬来的右邻估计过几天也就不会再抗议了。反正抗议也没用，谁让我脸皮厚呢。

果然，第二天，右邻没有再来抗议。我得意地笑了。

几天后，我正在看电视，突然电视的声音不由自主地变大了，变得特别大，整个楼道都响彻着我的电视声。但遥控器就在旁边，我根本没碰啊，难道见鬼

通过电视展开情节。

为后文埋下伏笔。

与文章题目相照应。

一波三折。

了？我傻眼了。这时，"咣、咣……"我的房门被人猛烈地敲着："不要太过分了啊！"我脸红了，一边答应着，一边赶紧把声音调小了。但没过多久，电视的声音又不由自主地变大了，越来越大，恐怕连楼下都听得到。没等别人敲门，我就赶紧把声音调小了。但没过多久，电视的声音再次变大，我又赶紧调小。真是见鬼了！如是再三，在第五次声音变大后，好几个人都来砸我的门，有个猛人甚至骂了起来："你×××，还让不让人睡觉了？再不把你这破电视给关了，老子把你电视给砸了，你信不信？"我二话没说把电视给关了。我不止担心别人砸电视，还担心别人连我一块给砸了！

修电视发现没坏，使得本来就被描写得十分奇异的电视仿佛真的闹鬼了。

第二天，我把这个买了几年的电视搬到维修店，但在维修店里却什么毛病也没有。我搬回去后，电视也同样没有问题。但到了晚上十点以后，这电视又不受我控制了。电视的声音又变大了，我吓得赶紧把电视给设定成了静音。这以后，电视就老实了。

通过行为表现心里的恐惧。

此后，我都以静音的方式看电视，实在不敢再冒险了。

半年后，我和已经成为朋友的右邻闲聊，说起电视闹鬼的事情，他哈哈大笑，然后有些不好意思地说："你电视没事，要怪就怪这薄墙吧。"见我还不明白，他告诉我，当初因为屡受我的噪音骚扰，他不得不从朋友那里借来了一个遥控器，然后晚上就隔着墙对着我电视的方向开始遥控……他笑着说："这墙不仅隔音效果差，还能遥控你那边的电视。总算不是一无是处。"

交待电视"闹鬼"的真正原因。

我苦笑着拍了一下他的肩膀，说："算你狠！"

凡事不能以自我为中心，要考虑他人的感受。

很多时候我们需要换位思考，当别人的某种行为让我们感到不舒服、不高兴时，我们甚至会暗地里咒骂他们。同样，当我们的行为影响到他人时，也会让他人感到不舒服、不高兴，他们也一样会在心里咒骂我们。

所以，别以自我为中心，凡事多考虑一下他人的感受。

于忠泽 ◎ 评

=== **知识链接** ===

电视不是哪一个人的发明创造。它是一大群位于不同历史时期和国度的人们的共同结晶，人们通常把1925年10月2日苏格兰人约翰·洛吉·贝尔德 (John Logie Baird) 在伦敦的一次实验中"扫描"出木偶的图像看做是电视诞生的标志，他被称作"电视之父"。但是，这种看法是有争议的。因为，也是在那一年，美国人斯福罗金 (Vladimir Zworykin) 在西屋公司 (Westinghouse) 向他的老板展示了他的电视系统。史上将约翰·洛吉·贝尔德 (John Logie Baird) 的电视系统称做机械式电视，而斯福罗金的系统则被称为电子式电视。

文/小　路

# 穷人的牢骚

大朱是文字上的朋友，认识之前神交已久，从他发表在报刊的文字，我知道他是个很懂冷幽默的写手。

交待事件主要人物。

时间长了，同一个城市生活的我们见面了，而且还成为了无话不谈的朋友。大朱为人热情、厚道，是个人见人爱的好朋友，和他在一起不愁没有话题，不担心会冷场。其实，更多的时候是大朱的"一言堂"，他最大的特色是爱发牢骚，发起牢骚没完没了……

点出人物性格特点是爱发牢骚，呼应题目。

多年前，大朱所在的轮胎厂倒闭了，他拿着最低生活保障费，在一家又一家的公司做销售。月薪只有可怜的几百元，要靠业绩才能拿到略微高些的收入，来养活单身的自己。

大朱在跑业务的空隙会钻进路边的网吧写些文字，投给全国各地的报刊，每月能换来超过薪水的稿费。按说大朱总计四五千的收入，过得应该还算滋润，可是他总对我们说："跑业务和讨饭差不多，还不够每天的车钱饭钱。写文章换稿费顶多是个文字民工，比起坐在窗明几净写字楼的编辑，简直一个天上、一个地下。"倘若发稿不畅，那些无辜的编辑难免会上"黑名单"，会再度被大朱的"口水"所淹没。

通过象征手法，写出日子的艰辛。

转眼，大朱也做了编辑，不过是小规模的学生杂志编辑。不必每天在街上奔波，进了办公楼，可以翘着二郎腿办公，还能抽空写字赚钱。大朱依旧没有让自己"脱贫"。"穷啊穷！报纸编辑动不动就万儿八千的月薪，我们这些小刊编辑简直是包身工，只干活不拿钱。"握着轻轻松松拿到两三千的薪水，大朱还感慨地说："本命年都过了三个，房子票子妻子都没影，告别穷人的日子看来遥遥无期了。"

接着，三十七岁的大朱买了套二手房，娶了小他一轮的漂亮老婆。可是，大朱三十该立而晚立，四十不惑却依旧困惑，他招牌式的牢骚依旧"屹立不倒"。大朱这天说："唉，老婆的大学女同窗嫁了个老总，住进了别墅式的洋房，你知道现在洋房多难买。"我忍不住插嘴："你都抱得美人归，还怕老婆跑了不成？"大朱一脸忧伤地说："跑是跑不了了，但是为了让她心理平衡，我在承包做饭的基础上，还要每天洗碗做补偿。"再过一天，大朱又说："楼下的住户买了辆新车，足足要三十万，而我们住的还是买来的二手房，悲哀啊！""人家住的不是和你一样房龄的旧房吗？"话到嘴边我还是忍住了，担心大朱会说："弄不好，人家第二套房也差不多了，人比人气死人。"

不过，大朱牢骚归牢骚，日子却越过越红火，准备开家小的文化公司，还要按揭买辆轿车哩！

比起我，大朱可不算是个寒碜的穷人，可是在他的角度上他却是彻头彻尾的穷人。而那不绝于耳的牢骚，仿佛是穷人在身处困境时的另类动力，从来不放弃追求财富的动力。换言之，有牢骚的穷人不是没有希望的，但是如果将牢骚化作动力，那么穷人离致富的目标便会近一些，再近一些！

生活虽然有了变化，但牢骚依旧。

描写形象生动。

点明中心：通过对比，写出如果穷人能将牢骚化为动力，就会离致富越来越近。

全文从生活中的一个普通人"大朱"讲起，通过具体的事例告诉我们穷人大朱在生活中的种种牢骚，是牢骚使他变得越来越富有。人总有不知足的时候，不知足就会发牢骚，但如果只是一味地发牢骚则没有任何意义。只有将牢骚化为身处困境时的另类动力，牢骚才不只是唾沫横飞，而是一种催人奋进的号角。

韩佳峻 ◎ 评

### 知识链接

　　十岁不愁、二十不悔、三十而立、四十不惑、五十知天命、六十耳顺、七十古来稀……中国的先哲们喜欢用独到的视角审视人生百态，他们喜欢用概括性的表述和富有哲理性的语言指点江山、世态。比如对人从生到死的概括莫过于那句中国人都喜欢引用古训：十岁不愁、二十不悔、三十而立、四十不惑、五十知天命、六十耳顺、七十古稀、八十耄耋。其实中国老百姓更多的则认同七十古来稀是源于孔圣人73仙逝，孟圣人84灯枯。

文／榕　桦

# 相逢一笑释前嫌

　　在一次班级评比会上，作为初二(1)班班长的我与初二(2)班的班长毛雨闹起了矛盾，产生了隔阂。

　　毛雨是位女同学，她兼任着校卫生委员的职务。在讨论我们班的卫生状况时，她硬说我们班级男生宿舍前面的卫生太差，理由是经常有积水，既影响其他班的同学们经过，又不美观。

　　我争辩说："你知道那水是怎么积的吗？全是二(2)班的男生们不注意，老往地上泼脏水，而二(2)班男生宿舍前的地面比我们这边高出许多，自然就流了过来。解决问题要寻找根源，你有必要抓一抓贵班男生们的纪律，调整一下他们既不顾及他人，又幸灾乐祸的不良心态。"

　　最后，我们二人由工作立场上的唇枪舌剑，演化为互相嘲笑的人身攻击。

　　我先幽了她一默："如果你真的不乐意承认自己班级的过失，我们将采取相应的措施，正所谓'水来土囤，兵来将挡'，广阔的海洋还在乎几滴毛毛雨吗？"

　　她反唇相讥道："我一听见羊叫，就想穿毛衣，感觉着浑身冷。"

　　一次例行的班级评比会，成了一场意外的斗嘴秀。不欢而散后，毛雨再不答理我。我遇到她也总是

文章开门见山，点明事件、人物，引出下文。

交待起因。

写出"我"的不服。

"唇枪舌剑"使紧张的气氛有了一种诙谐幽默之感。

一系列的冷嘲热讽，使战争升级进入白热化阶段。

转过脸去。

后来，几个兄弟班级成立校园文学社，我被推选为社长兼主编后，给社刊起名为《毛毛雨》（我是想借此与毛雨套一下近乎）。同学们都说这个名字起得好，只有毛雨气愤愤地表示反对，并从此再不参加文学社的任何活动。我知道她是误会了我本来的用意，可又一时找不到解释的机会。我们二人的关系越发紧张起来，有时她到办公室里拿他们班级的作业，一看我在里面，扭头就走。看我出来后，她再进去。

说句实在的，毛雨同学很优秀，不仅功课好，品质也是很不错的，她乐于助人，有责任心，在同学们中间有良好的口碑。我是真的不应该与她产生芥蒂的，我要寻找机会改变这一既令人沮丧又影响团结的不良现状。可我一连设计了几个主动接触和攀谈的方案，都不尽人意——弄不好怕产生更大的误会。挖空心思之后，我忽然想到了一个最简单，也许是最有效的释嫌良策——那就是用真诚的微笑溶解彼此的冷漠，消除彼此的隔阂。

于是，我悄悄地在镜子前捕捉和练习自己最真诚、最善意、最好看的微笑。机会终于来了，当毛雨从办公室里走出来时，我正好走到办公室的门口。我不失时机地把自己练了许多天的粲笑恰到好处地绽放在她的面前，她先是一愣，接着那红扑扑的脸颊上也出现两个美美的酒窝。

我一边善意地甜甜地笑着，一边小声说："真对不起你，毛雨！"

"都是我不好，不会处理问题，惹你生气了，"毛雨看着我的眼睛（她的眼里分明是一片雨后的晴空）轻声细语地说，"你已经原谅我了吗？"

"其实，我很欣赏你，"我见有同学走过来，就提高声调说，"早就应该好好向你学习的！"

毛雨的眼底闪现一种晶莹的光泽，她甜甜地笑着，甜甜地说："第一期的《毛毛雨》一直在我书包里

弄巧成拙，双方僵持不下，好似"战火"一触即发，埋下伏笔。

通过两人见面时的情景，侧面表现出两人仍心存芥蒂。

作者通过反省，在心理上重新认识了毛雨，并为她身上的美好品质所感动，为两人和好作铺垫。

点明"相逢一笑释前嫌"的主旨。

一次次地练习衬托出作者的诚意

彼此绽放的笑脸，瞬间消融了寒冷的冰山，拉近了距离。两个少女质朴的笑容中满是快乐与真诚。

通过语言描写表现两个人的宽容与信任。

放着，我特别喜欢……我还写了几首小诗，准备让你看看呢。"

就这样，相逢一笑，所有的误解和隔阂涣然冰释。

紧扣主题，点明"相逢一笑释前嫌"。可见，微笑与宽容是一剂良药。

## 点评

鲁迅有言：相逢一笑泯恩仇。而文章题目则是"相逢一笑释前嫌"，由此可见，微笑是人际交往的一剂良药，能让人与人之间的矛盾与误解涣然冰释。

作者用其质朴又不乏诙谐的笔触讲述了学生生活中常见的小事，从中传递出宽容、微笑、信任、真诚的真谛。我们也应该牢记：相逢一笑灿烂彼此，温暖一生。

李泽翎 ◎ 评

### 知识链接

文学社指由学校支持设立，面向本校学生招收社员、干事的社团。采纳学生（社员）的文学作品，开设一些专栏，如名作欣赏、美文品读、文化名人研读、文坛轶事、文坛风云、新手文学作品等类似的文学栏目，也可以组织社员一起出去和其他学校的学生搞联谊活动，旨在学习、交流、锻炼、培养能力。

文/白 妞

# 从猫到玫兰妮

运用了动作描写、语言描写、细节描写，烘托出虎皮猫处境危险，引出下文"我"要救它。

刚出门就听见猫叫，左看右看，不见猫影，有点儿着急。到处乱找，终于找到了，一只黄白花纹的虎皮猫，正蹲坐在一株细高细高的幼椿树的树顶，紧抱着树枝，纹丝不敢动。它就那么居高临下地看着我，大眼圆睁，叫"喵，喵"，翻译成人类语言，估计是"救命，救命"！

炎天赤日，暑气熏蒸，37℃的高温，再不救它，估计过不了今天它的小命就没了。我抱着树使劲摇，打算把它摇下来，结果它一害怕，抱得更紧。

继续上班，一路上耳边老响着它的"喵喵"哀叫声，无意中瞥见一大排红色的消防车，心头一喜：消防车上有云梯，救它小菜一碟啊！于是，我迫不及待地打电话，一个女声问我发生了什么事，我说："很抱歉，我们家没着火，不过一棵树上卡了一只猫，下不来了，能不能麻烦你们……"话没说完，那个女人硬

"我"积极的态度与女人的冷漠形成鲜明对比。

邦邦砸我一句："都不在，出警了！"电话里传来嘟嘟的忙音。我不甘心，再拨电话过去，换了个人接听，说："你看，为只猫出警，很不切实际的，说到底，不过一只猫……"不等我再说，电话又被挂断，我无可奈何。

没有人愿意为营救一只爬上树却无法下来的猫出动消防车。

本段举例为下文阐述观点作铺垫。

想起刚读到的一则新闻：旅顺口有个村子，三位渔民驾驶木船出海，机器出了故障，他们只能喝海

水，吃鱼饵，在海上漂了五天五夜。正在绝望之际，
他们十分幸运地看到一条船迎面开来。三个人用尽全
力，大叫救命。船越驶越近，触手可及，没想到船上的
人甩下一句话："你们慢慢漂吧。"随即扬长而去。那
个年纪最小的帮工无法置信，心灰意冷，非要跳海自
尽，被船长死命拉住。当他们终于获救，时间已经过去
了六天七夜。报道说，小帮工接受采访时仍然萎靡不
振。

想来一辆消防车和一只猫的关系，大约就等同
于那艘船和三个落难渔民的关系，都是一个强，一个
弱；一个见死不救，一个命在顷刻。对于强势的一方，
"救命"本来不费吹灰之力，却都采取了放弃行为。
我不知道这是为什么。设身处地想想，难道生命不是
最珍贵、最该被庇护的吗？

将两个事例联系到一起，阐述"强"与"弱"的关系，并进一步强调生命的珍贵。

说到底，这种人与人、人对物之间的疏忽、冷漠，
也许是缺乏"通感"的结果。

点明出现这种现象的原因。

《乱世佳人》里有个美丽善良的玫兰妮，她的丈
夫参加了南北战争。1865年，战争终于结束，士兵们衣
衫褴褛，缺食缺水，只能拖着羸弱的身躯，经过艰苦
的长途跋涉回家。当时美丽的南方饱经战火劫掠，一
片焦土，同样缺衣少食，昔日养尊处优的贵族，吃的也
是不足量的玉米粥、干豆子。身体虚弱的玫兰妮在战
争的洗劫下一贫如洗，只剩下半条命，却省下极其有
限的口粮，分给路过此地的士兵。外人不解，她饱含
痛苦地回答："哦，就让我这样做吧，这会让我心里
好受一些。也许会有人像我一样，在我丈夫饥饿的时
候，分给他一些吃的，好让他有力气，早一些回到我
身边。"

行善就是这样简单，来自最原初、最本质的一句
心声。今生你并不知道哪一天会落雨、会刮风，当你身
处凄风苦雨，也不知道陌生的谁会送你一把伞、一件
衣，让你得到切切的温暖。但你总要相信，这样的人
肯定存在，而你，也必将成为这样的人。

行善是一件很简单的事情，就是彼此帮助。

下班后我向先生求救，他二话不说，回家就上了铺着石棉瓦的储物小房，小心翼翼地站在房檐上，伸长了胳膊去够树枝。风动枝摇，他也跟着乱晃，猛一下，一只脚踏出房檐，我"啊"了一声。他好不容易才把树枝拽向自己怀里，捏住猫的脖颈，小心翼翼地提它下来。猫绝处逢生，晕头转向，满房乱窜。清醒过来，"哧溜"下去，瞬间没了踪影。

我和先生相视而笑。

升华主题。

善良就像一根接力棒，或是一条看不见的生态链，只有环环相扣，棒棒相传，我们的世界才能变得安全而温暖。一旦厄运发生，当有人或者小动物在向我们喊"救命"的时候，也许我们维护的不是他或它的生命，而是我们自己的生命和幸福。

点 评

曾几何时，我们站在高高的山峰，冷眼对待那些身处困苦之中的弱者；曾几何时，我们深陷困境的沼泽，渴望岸上的人能帮帮我们。但我们没想过，在他人身处顺境时吝啬对他人的帮助，在我们孤立无援时又怎能获得他人的关心呢？

有这样一则小故事，一位在外地打工的女士在下楼出门时，很自觉地为在其后下楼的老婆婆挡一下门，等其出门后才把大门关闭，老人很感动，问她为什么这样做，她说："我只是希望我的母亲在下楼时，也会有人为她推门。"这则小故事与玫兰妮的故事有异曲同工之妙，都讲述了一个道理：帮助他人就是帮助自己。助人助己，何乐而不为呢？

袁瑗 ◎ 评

━━━ 知识链接 ━━━

《乱世佳人》称得上是有史以来最经典的爱情巨著之一，它是玛格丽特生前唯一出版了的作品，由费雯丽和克拉克·盖博主演的同名影片亦成为电影史上"不可逾越"的最著名的爱情片经典。小说以美国南北战争为背景，主线是好强、任性的庄园主小姐斯嘉丽纠缠在几个男人之间的爱恨情仇，与之相伴的还有社会、历史的重大变迁，旧日熟悉的一切一去不返……《乱世佳人》既是一首人类爱情的绝唱，又是一幅反映社会政治、经济、道德多方面巨大又深刻变化的历史画卷。

文／秦小睦

# 隔一段距离
# 远远地看自己

彩扩店人手不够,于是在网上发布了招聘启事:招聘彩扩员,生手熟手均可。彩扩员熟手人才难求,只好在芸芸求职者中,寻找素质过的去的生手。说白了,店里对彩扩员生手并没有太高的要求:非色盲,热爱摄影艺术。

第一段交待事件发生的背景。

名校新闻系毕业的大君,在众多的求职者中脱颖而出,成为了彩扩店新的一员。显然,刚刚入职的彩扩员还无法胜任彩扩的工作,更多的不过是在店内打打杂而已。整天拖地、抹桌子或整理冲洗好的照片,大君显然不甘心如此这般蹉跎光阴,恨不得马上就上机操作,洗出一张张色彩鲜艳的照片来。

通过对大君的心理描写,为下文埋下伏笔。

老彩扩员耐心地向大君传授彩扩技术,将未来彩扩中要面对的种种技术问题事无巨细、毫无保留地一一向大君交待。可是,枯燥地传授远没有实际操作来得直接,大君要么听得无精打采、昏昏欲睡,要么缠着老彩扩员说:"老大,求求你,让我实际操作试试。"被大君求烦了的老彩扩员只好向老板"告饶":"大君我实在带不了了,您就让他提前上机得了。"

通过行为描写和语言描写,写出大君想实际操作的急切心情。

本来彩扩员人手不够,大君又一副跃跃欲试的架势,老板也就不再坚持答应了下来。大君上了彩扩的运用比喻，形象、生动地写出了大君开始实际操作的状态。

机器，就像骏马上了一望无垠的草原，那种爽快，那种意气风发，让元老们都为之振奋。大君冲洗的那些照片顺利地交给了顾客，照片的返工率甚至还低于成熟彩扩员的平均水平。

大君的骄傲与老彩扩人员的淡定形成鲜明对比。

大君开始有了小小的得意，虽然他嘴巴上没有说什么，但是"其实我也很棒"的意思却明明白白地挂在脸上。渐渐地，大君不仅对自己信心满满的，甚至连带过自己的老彩扩员也不放在眼里。老彩扩员心胸开阔，并不和大君这样的职场新人计较，还淡淡地说："时间，会让每个人察觉自己曾经的青涩。"

一年多过去了，大君成为了店里的顶梁柱，算得上是业内顶尖的彩扩员。老彩扩员离开了岗位，大君也开始"帮扶"一些职场新人，并且"从严"要求他们。一次偶然的机会，大君到一位朋友家做客，在朋友的相册里看到自己最初洗的照片。大君不由得摇头不止，那些当初自己认为洗得很完美的照片，现在看起来只不过是普通的水准，甚至有很大的改进空间。大君开始认同老彩扩员的"时间说"，也一本正经地对新人说："别急着肯定自己，隔一段距离远远地看自己，你会对自己有更清晰的认识。"

点明中心，呼应题目。

隔一段距离远远地看自己，是一种从容、淡定的智慧，是一种千金不换的宝贵自省。从容、淡定之后的自省，必定会拂去人生的骄傲和自大，让未来的路不再飘在云端，能脚踏实地迈向成功的未来。

文章以距离为线，距离在文中是自省的代名词。正如文中所说，隔一段距离远远地看自己，是一种从容、淡定的智慧，是一种千金不换的宝贵自省。

当局者迷，旁观者清，只有置身于外才能明白其中的滋味。隔一段距离远远地看自己，以一个远观者的心态审视自己，就会对自己有新的认识，更不会把尾巴翘上天，目中无人。

李金洋 ◎ 评

=== **知识链接** ===

摄影术于19世纪30年代诞生于法国，数年后由西方传入中国。一个多世纪以来，摄影艺术在中国文化的摇篮里生长，许多摄影家在摄影艺术创作中追求民族形式和东方神韵。中国传统美学的养分使中国摄影艺术根深叶茂。

我们既应当看到摄影的本体特征是纪实，其瞬间的长驻性和纪实的逼真性的特征，表现在中国摄影家与西方摄影家的艺术创作的方式上是相同的。但也应当看到由于中国与西方所处的自然地理环境不同、历史发展进程不同以及文化传统的不同，因而中国与西方摄影艺术的审美意识、艺术理论产生了差异性。中国传统哲学、美学理论对中国摄影家的审美意识、摄影艺术的表现手法和美学理想产生了重要的影响作用，因而呈现出鲜明的民族特色。

## 写作技法积累

### 赋比兴

赋比兴是中国古代对于诗歌表现方法的归纳。它是根据《诗经》的创作经验总结出来的。最早的记载见于《周礼·春官》。魏晋南北朝时期的挚虞之言"赋者，敷陈之称也；比者，喻类之言也；兴者，有感之辞也。"来解释赋比兴比较恰当，简单地理解。

赋——是铺陈的意思，对事物直接陈述，不用比喻。叙述事物，极尽铺垫之能。例如：《诗经》中《周南·芣苢》：采采芣苢，薄言采之。采采芣苢，薄言有之。采采芣苢，薄言掇之。采采芣苢，薄言捋之。采采芣苢，薄言袺之。采采芣苢，薄言襭之。

比——就是比喻，以彼物比此物，打比方，举例子。例如：《诗经》中的《卫风·硕人》：手如柔荑，肤如凝脂。领如蝤蛴，齿如瓠犀。

兴——就是联想，触景生情，因物起兴。这种艺术表现手法，是诗歌创作的主要形象化方法，对后世诗歌创作，产生了至深至远的影响。"指桑骂槐"，想说B，但先说A，A和B有一定类比的联系，然后从A引入到B。最明显的例子就是：

关关雎鸠，在河之洲；——B。这两只鸟在河中间你追我赶的亲热样子，岂不是正像一对情侣呢？

窈窕淑女，君子好逑。——A。连低等动物都如此，何况我们这些高等动物呢。所以男人啊，看见美女就要挺身而出，宁可犯错，不可放过！逑，匹配意思。

所以B的出现，最终是为了表现A的意思。

文／张宏涛

# 借我一块钱

王益应聘一家公司的业务员，一路过关斩将杀进最后一轮，得到了老总亲自面试的机会。

和王益一起来的，还有两个应聘者。一个是有着丰富经验的中年人，一个是重点大学毕业的高材生。王益却是一个刚刚毕业的大专生。老总直接出题，让应聘者把他当做一个大街上遇到的陌生人，要用最小的代价和最短的时间让他记住本公司。

高材生第一个上场，他面带微笑走向老总："先生，您好！看您的气质，一定是位大老板。我想给您介绍一下我们公司的新产品……"

老总摇摇头，打断了他："你这种职业笑容现在太泛滥，人们已经有了审美疲劳，当他们发现你微笑只是为了推销产品时，更会产生反感。"

高材生悻悻下台，中年男子上场了，他掏出一支烟递给老总："朋友，本次世界杯你最看好哪个球队？"

老总再次摇头："不好意思，我不抽烟，也不关心足球。我知道，你是想用这种方式和我拉近关系，但是如今人们的戒备心理都很强，对陌生人的搭讪十分警惕，不会轻易搭理你。"

前两个应聘者都碰了钉子，轮到王益了，他沉思片刻，抬起头，大步走到老总面前，说："如果您丢了

开篇交待事情的起因。

情节有趣，语言简练，突出人物性格特点。

先写前两人出场失败的尴尬，后引出王益出场。

一块钱，心里会不会非常难受？"老总笑了："我还不至于为一块钱难受吧？"

王益又说："那现在有个机会，只要您付出一块钱就可以帮助一个人，你愿意吗？"老总显得莫名其妙："一块钱？好像什么也买不到吧？"

王益一笑："不，能买到诚信。"看着老总迷惑的神情，王益解释道："我和人家约好见面，但因为忘带钱包，没法坐公交车，眼看就要迟到了。如果您肯借我一块钱，我就能做个守信的人，准时赴约了。"

语言描写，生动、有趣。

老总哈哈大笑："你这人真有意思，一块钱还绕这么大弯子？给。"

王益接过钱，又说："谢谢！您给我的不只是一块钱，还有信任和爱心。所以我必须感激您。"说着，王益拿出一张名片递过去："如果您或您的朋友需要我们公司的产品，可以打电话给我，我保证给您最优惠的价格。"

老总赞赏地竖起了大拇指："人们总是会记住那些向自己借过钱的人，哪怕只是一块钱。他们会拿着你的名片向朋友们介绍这次有意思的经历。你是怎么想到这个方法的？"

王益有些不好意思地说："不瞒您说，今天早上我就因为忘带钱包，不得不向路人借钱坐车，才赶上了这场面试。我从中受到启发，如果不能吸引别人的注意，就没有和对方交流的机会；如果不能取得对方的信任，哪怕是一块钱，对方也不会给。做业务，其实也一样。"

给人以启迪。

面试结束，王益毫无争议地胜出。

首尾呼应，揭示结果。

本文结构紧凑，线索清晰，语言朴实自然。通过三个面试者的事例，告诉我们一个深刻的道理：要想获得和对方交流的机会，就要引起对方的注意。

引起对方注意是一种沟通技巧，可让你处处遇贵人，时时有资源，别人做不到的事，你做得到，一般人要花五年才能达成的目标，你可能只需要两年。因为这种沟通技巧及说服能力可以让你建立良好的人际关系，获得更多的机率与资源，减少犯错的机会和摸索的时间，得到更多人的支持协助与认可。

刘晓妍 ◎ 评

=== **知识链接** ===

世界杯 (World Cup, FIFA World Cup)，国际足联世界杯，世界足球锦标赛，是世界上最高水平的足球比赛，与奥运会、F1并称为全球三大顶级赛事。每四年举办一次，任何国际足联 (FIFA) 会员国 (地区) 都可以派出代表队报名参加，而世界杯主要分为预选赛阶段和决赛阶段两个阶段。2010年12月2日，FIFA在瑞士宣布，2018年世界杯在俄罗斯举行，2022年世界杯在卡塔尔举行。

文／河洛兰

# 最佳业务员

一家新开业的公司要招收12名业务员，我凭借自己精明强干的外表和能说会道的嘴巴一下就被老总相中。同样前来应聘的张立强给我留下了深刻的印象。因为他的模样一看就是很老实巴交的那种。业务员一般都要选精明一点的，因此，老总不想招聘他。但张立强很想得到这份工作，求老总给他一次机会，他宁愿不要底薪。老总为他的诚意折服，就答应留他试试。

两个月后，在这12名业务员中，我业绩排名第一。这个大家不意外，意外的是，张立强居然业绩排名第二。老总让我们俩介绍经验。我强调说要努力掌握客户的喜好，针对不同的客户用不同的方法来说服他们。嘴巴也要甜一点，见到女老板，要夸人家漂亮；见到男老板，要恭维人家的事业成功……张立强也强调努力多见客户，不过他说自己不太会说让客户欢喜的话，他唯一能做的就是站在客户的立场上，和客户赤诚交流。很多客户之所以和他合作，完全是因为信任他。我笑了，他到底是农村出来的，还是太腼腆，甚至和美女说话就脸红。

后来，我们被分派到了不同的省份去开拓市场，我和张立强的业绩仍然遥遥领先。不过，我给公司创造的利润最大，而他的客户忠诚度更高。原因很简单。

"我"的特点与张立强的特点形成鲜明对比。

"我"的经验又与张立强的经验形成对比。

为了促销，公司总是会拿出一些资金和赠品来支持经销商。我总是以最少的资金和赠品来打开市场，为公司节省了很多钱，在一些新产品的定价上，我也总是建议公司的价格更高一些。无论产品本身是否有竞争力，我都有办法让经销商们接受这种产品。张立强则总是尽可能地把公司的优惠政策都用到自己的客户身上，给客户最大的利益。对于一些可能不太好销售的产品，张立强总是劝告经销商们先少进一些产品，以防卖不掉。对公司来说，一个人的价值，体现在能为公司创造多少利润上。因此，在年终的表彰大会上，我被评为最佳员工，奖励了一万块钱。张立强没有份。

*再次显示出张立强与"我"的不同之处。*

来公司四年后，我和张立强都坐到了各自那个省份的主管位置。但没多久，老总就让自己的两个亲戚来取代了我和张立强的位置，然后把我们派到了新的省份去开拓市场。那些偏远的省份不但条件差，语言沟通上也很有障碍，对于这种过河拆桥的做法，我和张立强同样愤怒，最终，我们认为老总靠不住，同时辞职了。

*终于有了行动一致的时候。*

辞职两个月后，我又加入到了一家同类的公司。新公司派我到原来的地盘去开发市场。我原以为自己熟悉市场、熟悉客户，操作起来会很容易，哪知人走茶凉，等我再回来，原来的客户都不认我了。他们只认原公司和原公司的产品，不认可我带来的新产品。这让我很苦恼也很懊悔。我以前把公司的产品夸得那么天花乱坠，如果现在改口说那些产品有缺陷，新产品更好，显然只会让客户怀疑我的人品。

*产生心理落差。*

无奈之下，经过和新公司协商，我选择去张立强原来所在的省份去重新开发市场。但我很快发现这个区域所有的经销商都在最显眼的位置摆着一种同类的新产品，我照着产品上的电话打过去，自称愿做代理商，于是，几个电话之后，我和这种产品的国内总代理取得了联系。让我想不到的是，这个产品的总代理居然就是张立强。

*呼应前文。*

*意料之外，情理之中。*

在一家餐馆我们见面了。我先发了一通感慨，说自己当初对公司那么忠心耿耿，不但为公司打拼市场，还想尽一切办法为公司获取利润，最后却落得鸟尽弓藏的下场，更没想到的是，离开公司后，原来费心结交的客户也都只认产品不认人，实在让我窝火。我不知道自己哪里做错了。张立强微笑着说："这就是我和你的不同了。我觉得，无论于公于私，站在客户的立场上总是没错的。只有能够让公司和客户保持双赢，才算是成功的营销，也才能够长久地持续下去。我对客户很真诚，他们也就愿意与我坦诚相对。我不只是他们与公司的中间人，我还是他们的朋友。我在公司的时候，他们是公司忠实的客户，我离开公司后，他们都还是我的朋友，都还愿意与我合作。这才使得我能够用很小的成本就占领市场。"

听了张立强的话，我突然觉得自己的善于察言观色和能言善辩都只是小聪明；而话不多的张立强才是真的拥有大智慧。

> 再次形成鲜明对比。

> 点出张立强获得成功最根本的原因。

> 只有大智慧才能获得最终的成功。

　　文中通过"我"和张立强的推销经历，阐述了一个深刻的道理：善于察言观色和能言善辩只能获得一时的成功，对推销者而言，只有真诚对待客户，才能和客户建立起一种牢固的关系。

　　完善的人格魅力，其基本点就是真诚，而真诚待人、恪守信义亦是赢得人心、产生吸引力的必要前提。待人真诚一点，守信一点，能更多地获得他人的依赖、理解，能得到更多的支持、合作，由此可以获得更多的成功机遇。

张志嘉◎评

=== 知识链接 ===

　　业务员的概念是指负责某项具体业务操作的人员。例如，负责采购的人员、负责销售的人员等等，都可以称为业务员。业务员并不是特指销售员。业务员一般无固定工资，按销售额提成。现时一般采用兼职方式，同时由于兼职的出现，在信息网络的作用下造就了不少新时代的兼职业务员。

# 即使没有500万

先生热衷于天上掉馅饼的事情，时常买几张彩票玩玩，幻想中上500万，一世无忧。

文／韶　晖

# 即使没有500万

先生热衷于天上掉馅饼的事情，时常买几张彩票玩玩，幻想中上500万，一世无忧。

"如果你真有了500万，打算怎么办？"我很捧场。先生开始发挥想象："先花50万买所大房子，再给你妈和我妈各50万养老钱，给孩子50万的教育费。然后我买一辆车，听老婆指令，带着你天南海北，可着劲儿地玩。玩够了开个小店，过咱悠闲的小日子。"

我松口气："小子，没枉我跟你这么多年。"想了想，我正经补充道："我要是有了500万，单拿出100万存到银行吃利息，用来做穷苦人的应急基金。"

曾看到几幅马格南的摄影图片，在索马里的摩加迪沙，一个小黑孩一边吃妈妈的奶一边使劲用手挤，妄图挤出一点点残余的乳汁；在饥荒侵袭的比哈尔，骨瘦如柴的母亲怀里抱着腹大如鼓的婴儿伸手要饭，妈妈的一只大手和孩子的一只小手同时伸出来，好像在向整个世界、向我们，一面倾诉、一面指斥。

桌上还摊开着今天的报纸，有两则新闻让人看得心里直难受：女孩考上大学，家里却穷得拿不出学费，妈妈一急之下竟然悬梁自尽，女孩痛哭流涕，宁愿放弃上学……

不说远处的，就说回家走在马路上，总是能碰见寒风中缩成一团的老人，伸着手向你乞讨："大姐，行

开篇第一句交待了背景。

"小"字写出了对这种人生的向往。

承上启下。

事例很有代表性。

行好大姐，行行好……"

我们的同类，有多少正在面对饥饿、灾荒、贫困、失学、病苦，遭受着风吹雨淋？不是每个人都安居乐业，不是每颗暗夜彷徨的心都能得到温暖，不知道有多少人的眼泪，正无助地洒向地面。我虽然饱食暖衣，心中却难免伤悲，那一处处的贫困苦难，如同山呼海啸般迎面而至，让人不知所措。

即便救得一个，也是杯水车薪，如一两点微雨，不等落到地面，就干了。

但能因为收效甚微就放弃善举吗？

巴金老人曾说："我的心里怀有一个愿望，这是没有人知道的：我愿每个人都有住房，每张口都有饱饭，每颗心都得到温暖。我想擦干每个人的眼泪，不再让任何人拉掉别人的一根头发。"

也许很多人的心底，都有这样朴实的愿望，只因自感卑微、羞于启齿罢了。我也愿意我吃饱的时候，天下人都在吃着饱饭；我的孩子背起书包去读书的时候，不再有失学儿童；我的父母老有所养的时候，不会有老人冻饿街头；我在自己的家里睡眠香甜的时候，别处也不会有呼啸的炮弹。

假如我有500万，也许就能帮助一些人改变命运，有病治病，没饭吃饭，想上学的也能重返课堂。当然，500万绝对救济不了所有的可怜人，但如果大家都这么想，也应该是滴水汇成海洋吧！

前不久，我们那里有个得了白血病的年轻人，向社会募捐。我在家里也开始敛财："来来来，我出200，你们出多少？"先生有点不好意思："我的工资老不发，先出100吧。"孩子很慷慨，交出整个月的零花钱："我出30块。"

钱不多，但是大家凑得很虔诚。

不是每个人都有杜甫先生"吾庐独破受冻死亦足"的伟大胸怀，光凭一己之力也绝对种不出万花如绣的花园，可是我希望许多平凡如我的人，做一点力

反问句语气很强烈，发人深思。

运用比喻，将贫困与苦难比作推天拔地、山呼海啸的自然灾害，生动形象地写出了贫苦、苦难的恐怖。

用排比句式，写出"我"心中的愿望，也初显文章的主旨。

所能及的奉献，让天地有情，四季如春。假如人人都能送给这个世界一点细微的温暖，就算我们都没有500万，也一样能唤来声势浩大的春天。

以抒情方式结尾，很有号召力。钱并不是万能的，重要的是那份真情。

　　本文作者通过日常生活中的一件小事，对买彩票中奖后的想法展开了联想。运用记叙、描写、议论、抒情相结合的写法，表达了自己的看法。

　　本文主题鲜明，如果人人都能拿出余钱，去帮助贫困的人，时间就会四季如春，即使没有500万，也一样会过得开心幸福。

马赫 ◎ 评

=== **知识链接** ===

　　白血病是造血组织的恶性疾病，又称"血癌"。其特点是骨髓及其他造血组织中有大量无核细胞无限制地增生，并进入外周血液，将正常血细胞的内核明显吸附。该病居年轻人恶性疾病中的首位，原生性病毒可能是神经性负感组织增生，还有许多因素，如食物的矿物放射性化、毒化（苯等）或药物变异、遗传素质等都可能是致病的辅因子。根据白血病细胞不成熟的程度和白血病的自然病程，分为急性和慢性两大类。

文／易再星

# 如何让老板喜欢你

〜〜〜〜〜〜〜〜〜〜

### 让老板记得你的亮点

几年前，钟强来到广州。没有高学历的他应聘到一家物流公司做普工。他感觉到自己没什么特长，唯有把事情做好、做精。凡是公司有什么加班，或是什么重活，从来少不了他，他就像干自己家里活一样勤快、卖力。

这就是亮点。

一天，钟强干完活，老板不知从哪里冒出来，拍着钟强的肩膀笑呵呵地说："小伙子，不错，不错！"从此之后，钟强便被老板任命为物流主管。每次干活，老板都说："把钟强找来！"每当公司有好事的时候，老板也说："把钟强叫上。"就这样，当别人还在卖苦力的时候，钟强却成了老板的"跟班"和"红人"。

举例写出让老板喜欢的第一个方法：先把亮点露出来。

职场上，你没有才华、不聪明不要紧，但你一定要有自己的特长和闪光点，当老板想起要干什么、要做什么的时候，首先想起你。否则，你只能做一名"边缘人"，或许永远会被埋没！

### 让老板把钱装进自己口袋

陆云所在的公司是一家私营的客运站。逢年过节，运营企业都会送一些礼物给站内的"相关部门"。

陆云所在的部门刚好是掌管班线调配的营运部，所以他常被"重点关照"。

陆云的老板这方面还挺"廉洁"，公司层面从来不收

"进贡"，也希望员工不要收礼物。陆云深知老板的良苦用心，所以，他从来不贪这些钱财或礼品。

其实他并不是"视钱财如粪土"，只是做法与他人不同，他把每次收下的礼物全部列好明细，等老板哪天心情高兴，他就交给老板。老板一般会把明细收下，却把钱或礼物扔给他。陆云心花怒放！他知道，这些礼物是自己的了。因为这样做的人，公司只有他一个，这是老板不动声色的赏赐！

职场上，赚钱的方法有千万种，最舒心的就是借老板之手，把钱放进自己的口袋，这样的钱才会最安全、最踏实、最潇洒。

写出了第二种方法的关键点。

### 让老板记得你的"老"

苏离的工作并不出色。但是，他会让老板记得他的"老"。

公司有客户来，他都要接待。每当客户叫道："天啊，你还在啊？"老板总笑眯眯地看着苏离，他这个时候会说："公司老板待我不薄，凭我这本事，还能去哪儿呢？"这时，老板的脸笑得像花般灿烂。

每当上级领导来检查，苏离也要到场，有的领导看见他总会很稀奇地问："这个是谁啊？"这个时候，老板就把苏离的"资历"说一遍，领导会拍着老板的肩头夸赞："你公司还有这么老的员工，说明企业很稳定、很和谐嘛！"每年年末，苏离都会被评为"优秀员工"，老板都要让他上台发言。因为苏离是公司新职员的活教材、活榜样。只有这些时候，苏离感觉自己的价值大于那些经理们。

用他人之口说出"老"的价值。

当别人为加薪拼搏厮杀、为加薪绞尽脑汁、为加薪而不停跳槽的时候，苏离却"倚老卖老"，坐享其成。"老"不是资本，而是资源！

把"老"变成一种资源。

### 让老板捏点"把柄"在手里

很多人认为，精明是必要的职场生存规则。然而，很多人不知道，不要在你的老板面前太精明，否则，有时很要命！

江冰深谙此道。江冰是一家停车场企业的经理，部门有很多收费员。一天，老板叫他去办公室。原来，是他部门一个员工贪小便宜，收费时不给人发票，事后被人投诉。他当时感觉那个员工还不错，所以据理力争。老板当时很是恼火，命他马上调查。经调查，那个员工果然有问题，公司马上解聘了那个员工。江冰和老板道歉后，老板又训斥了他一顿。

以后老板每次开会，或在发火训人的时候，总拿这件事说事。开始，江冰不是很舒服，觉得老板是有意针对他。之后才发现，老板在某些场合就是一种习惯，一种借口，他顿时坦然。以后，江冰在例会上，也经常拿自己这件事来告诫犯错的同事。这时老板往往很享受。

指出让老板喜欢的最后一点的玄妙之处。

其实，留一点"把柄"让老板捏在手里，或是留一点"把柄"让老板看到，并不是一件坏事。相反，你工作了很多年，却没有任何"把柄"被老板抓住，过于完美，可能反而令老板"不放心"。

## 点评

文章讲述了几种可以让老板喜欢"我们"的方法：让老板看见你的亮点；在职场上赢得老板的信任；让老板知道你的"老"，经验多；让老板捏点"把柄"在手里，不要在老板面前太精明。这几种方法也可以用到别的地方，除此以外还会有很多方法，需要我们自己去发现。

王梓涵 ◎ 评

### 知识链接

物流公司（英语：Logistics companies）是一种运输货物的公司类型；全国泛指经营物流相关的运输、仓储、配送等行业的公司。物流公司常在供货商与零售业者之间扮演集货、理货、库存、配送等角色。所以物流公司有时也会兼营大盘商的角色。物流公司对于供货商而言，可以降低运输与仓储的成本，商品可以直接寄放于物流中心的仓库出货，不必自己维持一个庞大的仓库去堆积货品，也不必自己维持货运与配送的庞大车队，这对于中小型的供货商而言是有利的。

文／李红都

# 功夫在哪里

因为忙碌，我很少有心思看电影。那天休息时陪着孩子一起欣赏了成龙主演的《功夫梦》，本来对武打片并不怎么感兴趣的我，心不在焉地边看边给孩子削苹果，不经意间，被片中的一段细节深深地打动了。

帕克拜韩先生（成龙饰演）为师，学习中国功夫。韩先生给帕克上的第一课就是让他把外套脱下、挂起，拿下来，放地上，捡起来，穿上，然后，再脱下，再挂起……小帕克耐着性子一遍遍地重复着这些在日常生活中多次被妈妈训斥过、却从未听进心里的教诲。终于忍无可忍地发了脾气："这真是白痴，我不玩了，你根本不懂功夫……"韩先生严肃地告诉他："功夫就在我们的生活中，它就在我们如何穿起外套、如何脱下外套中，也在我们如何对待他人中，所有的一切都是功夫。"小帕克在韩先生的开导下，端正了学习功夫的态度，也明白了做人与学功夫的联系——功夫不是为了出拳和防卫，而是为了成熟和冷静；功夫也不是为了伤害别人，而是为了去帮助别人。

我一边看着影片，一边思考，"是啊，功夫在哪里呢？"功夫就在我们的日常生活当中，来自我们对某一件事或技能的无数次反复操练。只有那些始终保持着做事的热情和激情，能始终以认真和耐心的态度面对手里事情的人，才能从重复操练里悟出新意，

开篇点题，引起下文。

第二段简单地概括了《功夫梦》的内容，讲述了一个道理："功夫就在我们的生活中，它就在我们如何穿起外套、如何脱下外套中，也在我们如何对待他人中，所有的一切都是功夫"使帕克明白了做人与学功夫的联系——学功夫是为了帮助别人。

通过这部电影引起作者的联想和思考，将功夫与生活联系在一起，揭示了文题"功夫在哪里"。

练就一番令旁人刮目相看的真本领。而学好功夫，也不是为了以此获得炫耀的资本，而是为了捍卫一种精神，并让这种精神成为帮助和带动更多人前进的力量。

没有人随随便便就能成功，成功者自古都是那些在某一个领域沉得下心、耐得住寂寞，将手里的工作和技能反复修炼到最高境界的人！联想起身边那些身怀绝技的人，他们在各自岗位上所练就的绝技又有哪个不是来自对岗位技能千万遍持之以恒的坚持？

我认识一位单位的女性首席员工，她在车间工序检查岗位上干了近二十年，她所在的冲压车间终日机床轰鸣，高分贝的噪声数百米之外都能清晰地听到。走进车间的人不仅需要戴上专用的耳塞以保护听力，还要忍受住振得人胸口发闷的几十台大功率机床强劲有力的共鸣……因为工作环境不理想，很多年轻的女职工都不想久呆在这个车间，而文静的她却日复一日、年复一年地伴着排山倒海的机床轰鸣声坚守在平凡的工序检查岗位上。

检查标准件、对表、量活、观活、开具合格证或不合格证，巡逻检查，及时把好质量防线……这些旁人看起枯燥乏味的重复性劳动，她却满怀热情地从刚出校门时天真烂漫的少女时代干到鬓角沾染银霜的中年时期。曾经如葱白般水嫩的手，经过岁月的磨砺和产品防锈液的腐蚀变得干燥粗糙，只是那双手对工作的热度没有随时间的流逝而改变，还有那双注视着产品外观和测量精度的眼睛依然像年轻时一样炯亮、富有激情。

生活不会忘记这样认真而执著的人。她的付出在十多载花开花落的四季变更之后，终于结下了令人羡慕的硕果。她作为第一批公司女性首席员工走上了镁光闪闪的颁奖台，在我们心中树立起了一个靠"认真负责、脚踏实地的作风，善于总结积极经验的品质"，把简单的事情做到不简单的成功者高大的形象。更难得

承接上文，引出下文。

写了一个女性首席员工，与上文说的在某一个领域沉得下心、耐得寂寞的成功者相呼应。

对这位女性首席员工的工作内容的枯燥乏味进行了简单描写。工作虽然非常枯燥乏味，可是她的眼睛却依然像年轻时一样炯亮，富有激情，体现了她的敬业精神，其实也是一种功夫。

的是，这位可敬的女职工，在荣誉和如潮的掌声面前没有骄傲，而是无私地将自己多年总结出来的"检验操作四法"尽心传授给同事们，在全厂、车间的同行当中推广这项技能，一起守好质量的防线。

这是怎么一种令人心生敬意的功夫！和《功夫梦》中韩先生教育小帕克"功夫就在生活中，有功夫是为了有能力帮助别人"的武德有异曲同工之妙。

不错，生活中那些备受尊敬的人，不仅仅因为他们有令人刮目相看的真本领，更因为他们有愿意帮助别人的高尚心灵！

那些能沉下心、耐住寂寞，在各个领域修炼出令人刮目相看的好功夫的人，都是令人敬佩的人。能用自己的好功夫去帮助、带动更多的人一起进步，这才是功夫的最高意境。懂得功夫最高境界的人，才会拥有更加精彩的人生！

与第四段相照应，说明只要认真负责、脚踏实地的工作，就能够成功。

本文从电影《功夫梦》入手，探寻人应该具备怎样的"功夫"。娓娓道来，引人思考。

生命中那些备受尊敬的人，不仅仅因为他们具有某种技能，更因为他们有一颗愿意帮助他人的心，能用自己的好功夫去帮助、带动更多的人一起进步，这就是功夫的最高境界。也只有懂得功夫最高境界的人，才会拥有更加精彩的人生。

丛中宝 ◎ 评

**▬▬ 知识链接 ▬▬**

功夫(Kung fu中国武功)，不是搏击术，更不是单纯的拳脚运动。它是民族智慧的结晶，是民族传统文化的体现，是世界上独一无二的"武文化"。思想核心是儒家的中和养气之说，同时融合道家的守静致柔，释家的禅定参悟，构成了博大精深的武学体系。它讲究刚柔并济，内外兼修，既有刚健雄美的外形，更有典雅深邃的内涵，蕴涵着先哲们对生命和宇宙的参悟，是中国人民长期积累起来的宝贵文化遗产。功夫在世界上影响广泛，不仅出现了李小龙等人物，还出现了大量功夫题材的中外电影、歌曲专辑、小品等。

文／麦田守望者

# 微笑着打电话

那天我遇到了一系列不顺心的事，加上外边又下起了滂沱大雨，我的心又烦又乱。我坐在阳台上无聊地翻着一些新近收到的报刊，以此平静自己的心。好不容易找到了一篇自己喜欢的文章，便沉浸其中。我正看得入神，手机响了，一看号码有点陌生，而且是长途。接还是不接，我犹豫不决，也许是好久没有联系的同学打来的，这样一想我就接通了电话。

"请问，你是刘局长吗？前些天听说你病了，我没有及时来看望你，后来到医院去看你时，你已经出院了。请你一定原谅我，今后我会补上……"电话那边的人倒豆子似的一口气说了一大堆致歉的话，他的声音有点发抖，让我感到莫名其妙。平时我很讨厌溜须拍马的人，这个人看来是马屁精。我一脸怒气地说："你打错了，神经病！"说完便狠狠地挂了电话。

晚上我无意中和朋友聊起这件事情，朋友说："你错了，你应该微笑着接电话。"我不解："浪费我的电话费不说，而且使我原本很烦的心情更烦了，我怎能微笑得起来呢？"朋友说："假如你是刘局长，你生病了，有人来看望你，说明人家心中有你，并不等于他是一个拍马屁的人；假如你是退休后的刘局长，有人来看望你，这更是一件好事，说明人家没有忘记你。有人关心你，这不是一种淡淡的幸福吗？不要妄

用景物衬托作者的心情，情景交融。

"电话"点题，同时引出下文内容。

"一脸怒气"与下文微笑形成对比。

通过朋友的劝慰，引出下文中的小故事。

下结论，听我给你讲一个关于打电话的故事"。

朋友一边分析，一边给我讲他的经历：

"有一年，我和一个客户谈一笔生意，谈判到了关键时期，由于一些细节问题，我们互不让步。谈了很长时间，我们僵持不下，最终谈吹了。后来另一个客户有意和我谈这笔生意，我就转移了目标。我们谈得很顺利，准备签合同时我接到了一个陌生的电话，电话里那人问我是否能稍微让一步，如果可以就和我签合同。那人正是我上次谈判的客户的秘书。我想我一让步就会亏本。反正我已和另一个客户快签合同了，何必再浪费时间呢？当着那么多人的面我怒气冲冲地回绝了他。回电话时我简直有点失态，口气很不友好，硬得让人瞠目结舌。和我准备签合同的那个客户问我刚才打电话的人是谁，我直言相告。听了我的回答，他一脸沉重地说：'抱歉，这个合同我们不签了。'说完便头也不回地走了。我感到很突然。"

"后来我才知道，仅仅因为我没有微笑着与第一个客户打电话他们便变卦了。第二个客户的秘书告诉我他们和刚才给我打电话的那个客户是一对业务来往很友好密切的公司。秘书向我转达了他们经理的原话：'连微笑着向别人打个电话的耐心都没有，怎能会有持久合作的耐心呢？'"

讲完后，朋友语重心长地提醒我："微笑是一种涵养，一种力量，有时更是一种难得的机遇和成功。记住，无论什么时候打电话，拿起话筒时请微笑，因为对方能感觉得到。"

现在我的朋友业务做得很好，我想其中就有微笑着打电话的功效吧。

"怒气冲冲""瞠目结舌""直言相告"，直接反映了人物的心理变化。

朋友的一番话阐述了一个道理，点明主旨，深化中心。

结尾扣题，首尾呼应。

本文开篇,点题,结构紧凑,结尾扣题。故事虽短小,却精悍。意在告诉我们一个道理:"微笑是一种涵养,一种力量,有时更是一种难得的机遇。

在现实生活中,我们不仅要微笑着打电话,更要微笑着面对生活中的一切。微笑是一种态度,也会影响到他人。更是一种力量,一种能改变命运的力量。所以,从现在开始,请学会微笑。

邵一宸 ◎ 评

**知识链接**

退休 (retire),是指根据国家有关规定,劳动者因年老或因工、因病致残,完全丧失劳动能力 (或部分丧失劳动能力) 而退出工作岗位。2011年1月起,我国对个人提前退休取得的一次性补贴收入,按照"工资、薪金所得"项目征收个人所得税。

文/麦田守望者

# 给人一架梯

上大学时校园里有一片柿林，柿子成熟时，又大又甜的柿子沉甸甸地把树枝给压弯了，诱得我们总想寻个机会偷偷摘几个柿子解馋。学校明确规定：未经管理人员许可，不得私自进入园内践踏花草、采摘果实，若违规，视情节给予处分，并记入学生档案。慑于校规的威严，我们只能"望柿兴叹"。

机会终于来了。一个周末的夜晚，明月朗照。上完自习课后，整个教学楼熄灯了。我们三个舍友想，柿林的管理人员应该回家了，我们可以乘机偷柿子解馋。很快，我们找来了手电筒，明确了分工。一人在园外负责看人，一人上树摘柿子，一人在树下接从上面扔下来的柿子。提心吊胆不到一刻工夫，我们的包里装满了柿子。突然放风的舍友喊道："快下来，管理人员来了，快撤！"

树上的舍友慌了，急忙从树上往下滑。然而已经迟了。守柿林的老者已经打着手电走到树下。我忐忑不安地等待他的盘问，趴在树上的同学吓得不敢下来。老者缓缓地把手电照在树上，轻声说道："别着急，慢慢下，当心，别摔着！"舍友在树上默不作声。"想吃柿子说一声，晚上摘柿子多危险，下来吧，别慌。下不来我去给你拿架梯子。"老者很快拿来了梯子搭在树上，舍友踩着梯子稳当地下了树。

简单交待了事件的背景，为下文故事的展开作铺垫。

一个明确规定如同下了死命令，说明了"偷柿子"这件事情的严重性。

"机会终于来了"体现出"我们"早已按捺不住的心情。"明月朗照"渲染了一种静谧的氛围。

"慌""下滑""迟了"写出了那位舍友的恐惧。

"缓缓地""轻声说"使紧张的气氛有所缓解。更体现出这个管理员对学生的关心。

出人意料。

运用比喻,生动形象地写出"我们"处境的危险及心中的恐惧。

就要被揭穿,突然笔锋一转。

老人为"我们"袒护,再一次让"我们"感动。

简短的话语给"我们"留下了尊严和面子。

我们规规矩矩站在树下等着他的盘问,心都提到嗓子眼儿了。毕业关头,在这个以纪律严格而著称的学校,违反校规无异于触高压线、上黑名单、被打入冷宫。

糟糕的是校公安处的两个值勤人员听到声音后拿着电筒赶了过来。一个拿出违规学生登记本,一个严肃地询问:"发生了什么事?是不是有人在偷柿子?哪个系哪个班的?叫什么名字?"老者抢在我们前面说道:"今晚闲着想吃柿子,就叫了三个刚下自习的学生帮我摘几个柿子尝尝。""不可能吧?摘几个柿子用得着几个包吗?肯定是你有私心,想拿到校外去卖。"值勤的人不怀好意地说。"不信你可以问问他们啊!"老者平静地说。我们异口同声帮老者圆谎。值勤的人悻悻地走了。

老者说:"孩子,回去吧,以后可别犯错误,前途要紧!"

那天晚上,我们忐忑不安地度过了一夜,总担心值勤的人会来调查。

后来校园里见不到老者的身影,再后来听说老者被学校公安处的辞退了,回到了他那贫困的农村老家,原因是他私自在夜里偷学校的柿子到外面卖。那年七月,我们怀着自责的心情顺利毕业了。

现在,老者的那句话时常萦绕在我的耳边:"别着急,慢慢下,小心别摔着!"这充满温情关怀的话既维护了我们的尊严,又揭穿了我们的浅薄。

每当涉世不深和我共事的小辈犯错误后,我就会想起老者,想起他给我们的梯子,想起那个既可以让我们背上沉重包袱也可以成就我们工作事业的不寻常的月夜。当他们犯错误时我就想,给这些稚嫩的心灵一架梯子,让他们从错误的泥沼里抬头走出来吧,别给他们一块冰冷的石头,落在井里背负沉重的包袱,断送今后充满光明的人生。

给心灵架一个梯子,就是对一个人的宽恕。错误本身并不可怕,可怕的是一生都沉溺在错误里不能自拔。

本文结构紧凑，内容真实亲切，主题鲜明，引人思考。

人生路上，有许多陌生人如老者一样，因宽容友善，在他人遇到危难的紧急关头总会伸出援助之手。

的确，给稚嫩的心灵一架梯子，让犯错误的人走出泥淖，抬起头。一时犯的错误，不能让它成为一生的枷锁。我们每个人都应该成为那位架梯者，用行动去温暖他人、原谅他人。

唐颂歌 ◎ 评

━━━ **知识链接** ━━━

柿子的品种有1000多个，又根据其在树上成熟前能否自然脱涩分为涩柿和甜柿两类。后者主要是来自日本品种中的"冬柿"，成熟时已经脱涩。而前者（我国上市的柿子大多数属于此类）必须在采摘后先经人工脱涩后方可食用，引起涩柿涩味的物质基础是鞣酸（又称单宁酸）。

文／马国福

# 没有人拒绝微笑

开篇点题,通过"我"和同事工作时很专注,不想有人打扰,衬托出对推销人员的反感。

礼貌与冷冰冰形成鲜明对比。

"很快"更加突出他的热情。

说明他不单纯只对"我们"这样,他对人人都如此。

单位位于闹市区,上班时间经常有小商小贩乘门卫不注意的时候偷偷溜进办公大楼,推销商品。有时当我们专心致志地工作时突然有商贩敲门,有的甚至不敲门直接推门进来推销商品,打扰我们的工作,让沉浸在材料中动脑筋的我们头疼不已,十分反感。

有一天,一个小伙子敲门走进我们办公室,用格式化的语言礼貌地说道:"对不起,打扰一下,我是某某公司的驻地代表,请问你们是否需要电脑清洁纸巾?如果需要我们可以给你们优惠。"见多了形形色色上门推销的商贩,专心工作的我们对此并不感冒。一位同事说:"你好,我们不需要你的产品,不要扰乱我们的工作秩序,上班时间不容许推销商品,请你离开好吗?"深受其扰的我们一脸不悦,给他冷冰冰的脸色。

他并没有沮丧,带着微笑温和地说:"不买也可以啊,容许我给你们试一下产品好吗?"还没等我们同意,他很快拿出一包纸巾擦拭我们电脑有污垢的部位。动作十分投入,认真娴熟,但埋头工作的我们并没有买他的账。见状后他还是礼貌地说了声:"对不起,打扰了,再见!"

片刻,他又来了,他说:"你们领导说了,需要这种产品,请你们考虑考虑好吗?"一个同事开玩笑地说:"领导需要就让领导买去,我们不需要,请你还是走吧!"同事的话没有一点商量的余地。他并没有因为我们的冷漠而放弃可能赢得的希望,努力详细地介绍他所推销的产品的性能和好处。最终忙于工作的我们谁也没有理睬他,我们看来他是自讨没趣,但是他使出浑身解数推销。无论他怎么游说,我们没有一个人动心。他还是微笑着离开了。

体现出了小伙子身上有一股韧劲。

第二天早上一上班,他又来了。还是一样的诚恳、一样的期待,我们一样的冷漠、一样的脸色,很坚决地拒绝了,并明确告诉他如果再来打扰我们工作,我们就不客气了。让我纳闷的是,不论我们对他有多么讨厌、冷漠、拒绝,他脸上始终洋溢着笑容,没有一点不悦的表情,微笑着进来,微笑着离开。我在想:"如果我遇到这样的情况,肯定早已放弃了。"

第三天他还是来了,但得到的还是同样的遭遇。我们以为吃了几次闭门羹的他会放弃,第四天不会再来了。没想到的是第四天他又出现在办公楼内,考虑到单位电脑较多,我们答应买他300多元的产品,前提是他必须拿出正规有效的发票,否则不予购买。他的发票是上海市的,尽管有水印,不过财务人员不在,我们不能确定发票真伪。最终我们明确告诉他不要了,请他到别处去推销。他眼里闪出一丝希望的光芒,连声说谢谢,微笑着告退。

带着微笑的坚持,终于有了希望。

第五天他仍然来了,出乎意料的是他不但带了价值三百元的产品外,还带了税务部门的发票鉴定证明!我们买下了他的产品。他临走时一改往日的冷淡热情地问:"我真的服了你,难道你就没想到过放弃?有何秘诀?"他一脸阳光,给我一句掷地有声的话:"没有一块冰不被阳光融化,没有人拒绝微笑,就这么简单。谢谢,我走了。"

一连五天,充分体现了小伙身上那种坚持的精神。

只要微笑地面对挫折、磨难,坚信自己走的路是正确的,就一定可以感化周围的横眉冷对。

我愣住了,想想也是,我们给他太多冷漠冰霜,但是最终被他的执著融化了。

没有人拒绝微笑,且这种执著的微笑精神往往通向成功的道路。

升华主题。

本文讲述了一个推销人员用微笑打动人心的故事。其实，不仅推销人员需要微笑，我们每一个人都需要微笑，因为没有人会拒绝微笑。

　　可以说，如果一个人想成功，就必须坚持微笑，永不放弃。微笑可以感化一个人，可以改变一个人；坚持可以让人看到希望，可以让人一步步走向成功。所以，无论遇到什么事，脸上都要带着微笑，心中有坚持下去的信心和勇气。

王晨旭 ◎ 评

**＝＝＝　知识链接　＝＝＝**

　　推销：推广销售，推销陈货；贬称宣传某种理论、观念。自改革开放以来，推销带着模糊的概念在我国企业中得不到充分的理解和发挥。在众多的企业里脱颖而出，除了要有一个好的经营者决策策划以外，恐怕实施执行营销方案的还是直接与客户打交道的业务人员。在商品经济发达的国家认为"推销工作是经营的命脉""熟悉经济环境及应付市场变化的好手"和"新产品的建议者和开发者"。

文/吕保军

# 割草的伙伴

　　每天下午放学后，朝阳就会来找我，然后我们背起箩筐一起下地割草去。

　　躲在路边树阴里凉快的柱子朝我们喊："喂，咱们玩斗草怎么样？"我俩谁也没搭理他，一头钻进稠密的玉米地里，忍着闷热和庄稼叶子划在胳膊上的刺痛开始割草。那时候，我们最大的快乐就是割草。背着一大筐草回家，一路收获无数的夸赞：看这俩孩子，多能干！千万别跟柱子学，那小子今天又该挨骂了。跟我们同岁的柱子几乎天天挨他娘的骂。因为他每天割回家的草很少很少，刚能盖住箩筐底。而我们俩那一大筐草，足够牲口吃一整天的。

　　我和朝阳谈得来。我俩常常比赛着割草，看谁割得多，谁割的草牲口最爱吃。我们常常不相上下。可是渐渐地，我就没法跟朝阳比了。因为我娘死了，家里只剩下爱喝酒的爹。常常我割了一大筐草回家后，爹连晚饭也没有做。我只好裹着一身汗湿的衣裳，啃几口凉馍对付。而朝阳回家就换一套干净的衣服，手上不是拿着香香的包子，就是托着可口的菜煎饼。一种尖利的钝痛强烈地咬噬着我的自尊心，要强的我总是隐忍着。直到有一次，我俩各自挑了一垄庄稼地开始割草，一边割一边拉呱。抢在前头的我蓦然发现，朝阳那一垄里有一棵硕大的麻葚菜，差不多有课桌那般

　　开篇点出主要人物——朝阳，从每天一起割草写出"我"同朝阳十分要好。

　　交待另一个割草贪玩的伙伴——柱子。用柱子割的草少衬托"我"和朝阳割的草多。写出"我"和朝阳的能干，柱子的贪玩。照应文章结尾。

　　"我"的内心有了变化。

通过心理描写，写出"我"心里愤愤不平。

"偷偷乐"写出"我"计谋得逞后的心理。

过渡段，承上启下，引起读者阅读兴趣。

呼应前文，我的自尊心再次受到了伤害。

写"我"听到朝阳话后的决定。

写"我"进城后生活的艰辛，更明白自己与朝阳距离之远，差距之大。

"我"的生活与朝阳的生活形成鲜明对比。

"我"的境况渐渐好了，朝阳却更厉害了，差距再一次拉开。

大。我顿觉愤愤不平了：朝阳的运气咋这么好？吃好的、穿好的，连割草也是他那垄里的麻蕡菜长得大！趁朝阳不注意，我把自己的手伸到他那一边，悄悄地割下来，占为己有了。他却一点没发觉，我不禁偷偷乐了。

然而让我深感不平的事情还在后面。

后来的朝阳简直让我望尘莫及。他毕业后进了城，托亲戚找了个开车的工作，成了不折不扣的城里人。每次回来，就跟我讲城里的新鲜事，还说他原先被分配到一个偏僻的山沟，虽说工资多好几百，可那地方不好玩，最后还是想办法调到了闹市区。我大惑不解了："好几百块呀，说不要就不要了？"闹市区就那么好？他不屑地说："你不懂，你又没进过城。"一句话让我不吭声了。我的自尊心又一次受了重伤。就像当初他回家有好吃的、有干净衣服换，而我却啥也没有一样不是个滋味。

我也要进城去。这愿望如此强烈。

没多久，我果真进了城。走在繁华的闹市区，那种眼花缭乱的感觉，让我久久难以平静，因为，我也开始在城市里讨生活了。我每天汗流浃背地工作，挣一份辛苦钱，还要忍受人家的白眼。我终于明白，原来我和朝阳根本就不在一条起跑线上。后来我们俩都结了婚，有了孩子。虽说同在一个城市，却极少碰面。偶尔的几次碰面，让我感觉我们之间已经有了很大的差距。朝阳倨傲的话音里带着一副懒洋洋的腔调，谈他生活的惬意、工作的舒适，他刚买的单元房如何如何好。但他从未问过一句我过得好不好，我这个少年伙伴有难处没有，需不需要帮助。其实就算他问，倔强的我也不会在如此傲慢的人面前哭穷。我暗地里憋着一股子劲。渐渐地，靠不服输的艰难打拼，我也拥有了一份收入颇丰的工作，境况慢慢好了起来。谁知朝阳这时越发了不得，他跟人合伙承包了一家加油站，几年下来买了两套别墅和一辆高级轿车。有一次见到我，一番显摆之后，他说："唉，我的钱也刚够花，所以有心帮你也暂时帮不上，呵呵。不过，我的车就是你的车，需要的时候吭一声，想啥时候开就啥时候开。"这不是明摆着硌碜人吗？他明知道刚脱离温饱线的我不会开车。别说开，那么高档的轿车，咱连摸都没摸过哩！一股悲凉的酸楚一下子冲到了嗓子眼儿，尴尬的我掩饰般地干笑了两声，又把它生生地吞进了肚子里。

通过语言描写，写出朝阳瞧不起"我"的高傲姿态。

终于，轮到我幸灾乐祸了。这天朝阳忽然打来电话，说他三岁的儿子遭歹徒劫持了，对方让他三天之内拿出三十万来赎人，拿得晚了或胆敢报案就当即撕票。朝阳慌乱的声音已变了调。我偷偷乐了："哼，你也有求人的时候！有难了想到我了，早干嘛去了？"但我仍然尽着一个好伙伴的职责，安慰他，并一口答应帮他四处寻找。

角色互换。

"我"对朝阳的态度与朝阳先前对"我"的态度形成鲜明对比。

第二天，当我与朝阳再次碰面的时候，是在警察局里。他拳脚并用发疯似的朝我扑打着，又哭又骂："我打死你！我打死你！还我儿子的命来！"而我的双手已被锁上了镣铐，低着头任凭他破口大骂。我是主动自首的。我没想把朝阳的儿子弄死，只想敲诈一笔钱出出心底这口恶气。孰料一个不小心，他装进麻袋里的儿子竟被活活闷死了。那一刻我就知道，我完了。伤心不已的朝阳一个劲地追问着：我哪点对不住你了，竟然下这么狠的手？我呆呆地坐在那里一言不发，想起当年割草时，曾悄悄地把本属于他的一棵硕大的麻蕡菜据为己有的情景。我在心底说：你没有对不住我，是我把你儿子也当成一棵麻蕡菜了。

情节跌宕起伏，出人意料。

我很快就要被处决，但是死不能弥补我内心的悔恨。做这件丧尽天良的缺德事，我已众叛亲离。出乎意料的是，在临死之前竟还有一个人会来探望我。是柱子，那个爱玩斗草的柱子！他特意从遥远的乡下来看我。对于我跟朝阳之间的恩怨，他只字不提，只絮叨着他在乡下割草的事。他说他喂着三头牛、五头猪，

照应前文。

原本的深情厚谊被"我"彻底击得粉碎。

每天要钻进闷热的庄稼地里割很多草。他说他如今已爱上了割草。原来，能自由自在地在大田里割草，也是一种幸福哩！

这句话，让我的视线一下子模糊了。两个好伙伴每天结伴割草的情景，恍然如昨。

文中，随着环境的变化、经济上的变化，"我"和朝阳的距离越来越远。其实，朝阳并没有对不起"我"，只是"我"的心理受不了那种鄙视，便愤愤不平，最终害了朝阳的儿子，也害了自己。

其实，人与人之间的感情可以是很单纯、很简单的，真挚的情感不会因外界因素而改变，很多时候，都是自己的虚荣心在作祟。

王昕月 ◎ 评

**━━━ 知识链接 ━━━**

煎饼，汉族面食。以山东为盛，起源甚早。将五谷杂粮磨成面糊，倒入鏊子，用煎饼筢子摊平烙制而成。煎饼种类较多。从原料上看，有米面煎饼、豆面煎饼、玉米面煎饼、高粱面煎饼、地瓜面煎饼等等；按口味不同，有咸煎饼、酸煎饼、甜煎饼、五香煎饼等等。煎饼不易变质，易保存。卷以小菜而食，则风味别致。山东济南的"糖酥煎饼"，饼薄如纸，香酥甘甜，曾为宫廷供品，现为居民普遍喜欢的食品。

文／吕保军

# 一碗卤肉饭

那是怎样馋人的一碗饭啊！松软的米饭又香又韧，上面浇着一勺肥而不腻、晶莹剔透的卤肉汁，掺和着鲜脆可口的腌制酱菜，还配上了一枚入味卤蛋和泛着油光的两小棵油菜，那飘溢四散的浓香诱得人垂涎欲滴。

就是这样的卤肉饭，曾经多次畅享，而今却成了奢望；也是这碗卤肉饭，常常搅得他饥肠辘辘却又食不知味。他急速地伸出手去，想捧起碗来大快朵颐一番，可是手还未接触到那只碗，就猛地惊醒了。又是南柯一梦！

醒来的他，心头弥漫着一份怅然，只为那碗没吃到嘴里的卤肉饭。似乎那饭香，涉过千山万水，穿越15年的岁月寒暑，丝丝缕缕地飘漾过来，直沁入他的肺腑。饭香里，还掺和着稻香和土腥味，杂糅着友人的笑容、亲人的叮咛……这份缠缠绕绕的乡愁和挥之不去的怀恋浓得化不开时，就更想吃上一碗独具家乡风味的最正宗、最好吃的卤肉饭。

这些年他四处奔波辗转，每到一地，头一件大事就是寻找那里有没有卤肉饭卖。找到了，喜形于色地买上一碗品尝，却总是失望而归：不是米饭蒸得不好，就是卤蛋不够入味，一旦某个环节做不到家，就使卤肉饭的口味大打折扣。卤肉饭，恐怕只有地地道

运用细节描写，写出一碗卤肉饭的特点，令人垂涎欲滴。

梦中都会梦到卤肉饭，写出对卤肉饭的喜爱之情。

"15年"留下悬念。

轻柔的文字仿佛要渗进人的心底。其实，他心中思念的不仅仅是那碗卤肉饭，通过这碗卤肉饭，更多的是对家乡的思念与牵挂。

表面写他对卤肉饭的执着，实则写他想念家乡的心情，想回家看一看的愿望。

道的台湾本地人才能做出那种香浓四溢、甜咸适口、鲜嫩多汁的独特风味了。作为一位常年漂泊在外的游子，他如今不想别的，就想站在故乡的土地上，酣畅淋漓地吃一碗原汁原味的卤肉饭。阔别故乡15年，他觉得自己不能再等下去了，今年说什么也得回到台湾过农历新年，吃一碗故乡的卤肉饭。思谋再三，他抛掉一切顾虑担忧，义无返顾地踏上了返乡之旅。

哪知刚下飞机，他就被机场的警察逮住了。原来他是个被通缉的嫌疑犯！他没想到，自己回台湾后的第一晚，竟要在分局的拘留室里度过。

15年前，他因身体不适喝了一瓶感冒糖浆，然后载着友人前往南投一处工寮的赌场推筒子，没想到恰遇到警方查缉。当他被带回警局后，竟然从他的尿液中验出"可卡因"成分。他是从未吸过毒的啊！可当时哪容他辩解？仍遭警方依当时的"肃清烟毒条例"函送法办。在法庭上，他曾拿出一瓶感冒糖浆样品向法官解释，请求予以澄清，但遗憾的是未被采信，最终他仍被依"吸食毒品罪"判有期徒刑3年零50天。自认冤枉的他，觉得这下全毁了，朗朗乾坤、清白世界一下子颠倒过来！委屈、愤懑、怨恨，让他几近疯狂，他不想就这么忍辱含冤，满腔怒火烧得他丧失了理智，以致做出了让自己悔恨终生之举：在入监服刑前，他伺机潜逃了，从此流浪到岛外，这一去就是15年。

讲到这里，他沮丧地垂下了脑袋。"我真不该越狱潜逃，以致后来要为自己的鲁莽付出惨痛的代价！那时的我太不理智了，我本想躲避3年的牢狱之苦，殊不知却陷入了长达10年的梦魇般生活。由于内心的怨气无法排解，逃犯身份又无处申诉，那种心情极度压抑的苦楚让我看不到任何光明和希望，再加上背井离乡思念亲人，我曾一度失去了生活的勇气。迷惘的时候一个把持不住，竟真的染上了毒瘾，从此过起了醉生梦死的生活……可是我，曾经多么的心高气盛啊！我开始厌恶堕落的自己，痛恨失去尊严的自己，

出乎意料，引起下文。

交待事件的前因后果。

情节发生转折。

每次清醒过来，我都痛悔万分地扇自己耳光，也自残过，有时真想死掉算了，一了百了……"

"这15年里，我曾多次想到过主动回来自首，却总是鼓不起勇气。这下好了，终于结束了十多年的浪荡生涯，心底踏实多了。我甘愿认罪服法，接受法律的制裁。"他长吁一口气，又自嘲般地苦笑着："这么多年的苦都挨过来了，明知通缉时效未到期，我为什么偏在今天急急地赶回来呢？说出来你们可能不信，我太想美美地吃上一碗家乡的卤肉饭了！这种钻心啮骨的滋味让我欲罢不能、寝食难安，这才偷偷搭机返台。只可惜卤肉饭的味道还没闻着，我已身陷囹圄……"

因一碗卤肉饭被抓，可见对卤肉饭的喜爱之深。

"如果你真的是被冤枉的，法律自会还你一个公道，替你洗刷不白之冤；你当年不该越狱潜逃，你应该坚信是非曲直总有弄清楚的那一天。"警员们叹惋着说，"我们刚从网上调出来你的案卷，发现你的通缉时效到2013年3月才到期，目前你仍属于被通缉的逃犯！"

第二天，他将要被押送往台中地检署归案。临上路的时候，他又被叫住了。只见一名警员快速地提上来一只食盒，打开，竟是一碗香喷喷的卤肉饭！原来，派出所所长在侦讯时对他的遭遇深表同情，特意派人为他买来一碗，想让他一"尝"夙愿。

他梦游一般走过去，呆呆地凝视着那碗卤肉饭。松软且韧的米饭、鲜嫩的卤肉汁、一枚香香的卤蛋、两棵青翠油亮的小油菜。他抬起手揉了揉眼睛，不是梦，是真的。这碗卤肉饭，曾多次出现在梦境里，而今真真切切地摆在了面前。这是一碗昼思夜盼的卤肉饭，又是一碗五味杂陈的卤肉饭啊！他想往嘴里扒拉，却又觉得难以下咽。环视四周那一双双关切的目光，止不住泪如雨下。

与文章第一段照应，心情却截然不同，是五味杂陈，是感动，也是悔恨。

本文主角因一时冲动越狱，过了15年流浪生活。经过15年，他想的不仅仅是那一碗卤肉饭，还有他阔别了15年的家乡。但没想到刚一回去，就被抓了。没有遗憾，没有不安，有的只是淡定，终于可以不再漂泊了，即使服刑也心甘情愿。

　　冲动只会留下悔恨，任何事情，只有采取正确的处理方式，才能尽如人意。

范天擎 ◎ 评

**知识链接**

　　卤肉又称为卤菜，是将初步加工和焯水处理后的原料放在配好的卤汁中煮制而成的菜肴。一般可分为红卤、黄卤、白卤三大类；川卤在全国最普遍，多以红卤为主，味道也是最好的。四川卤菜中比较有代表性的有：万春卤菜、廖排骨、夫妻肺片。

文／李凤春

# 用美好影响别人

对金庸小说《倚天屠龙记》开篇的一个情节记忆犹深。少林弃徒张君宝在师傅觉远圆寂后，一下子成了无依无靠的孤儿，浪迹江湖的郭襄见他可怜，就推荐他去湖北襄阳投奔自己的父母郭靖和黄蓉。分别时，郭襄叮嘱他说自己的父母都是很随和的人，会好好待他，但自己的姐姐郭芙脾气不好，所以，她要张君宝和郭芙共处时要尽量忍让着她。这令张君宝的心一下子变成了十五个吊桶打水——七上八下起来。但他实在又没有落脚的地方，便只好去襄阳投奔郭靖大侠。

就在他马上要到达襄阳时，却在山路上碰到一对年轻的村野夫妇。此时，那村妇正在数落自己的丈夫人穷志短，没有骨气，去投奔有钱的姐姐来谋生。村妇说："我们年纪轻轻的，完全可以凭自己的力气来创造自己的生活，为什么非得要去寄人篱下，看别人的脸色过日子呢？"

村妇说者无心，没想到这句话正巧被张君宝听到了。一句话，让迷茫流离的张君宝一时如醍醐灌顶，他立刻改变了去襄阳的初衷，转而独立自强，开创武当一派。那个村妇永远不会想到，自己随意的几句话，竟会让一个流浪儿成为照耀千古的一代武学大宗师。

开篇引用小说情节增强，文章新鲜感，拉近与读者的距离，引出全文的主题——用美好影响别人。

说者无心，听者有心。村妇的一句话，影响了一个人，从而改变了一个人的一生，可见，人与人之间总会互相影响。

暗含主旨，用美好去影响别人，一个村妇的随意几句话让流浪者成为武学宗师。

这世界上，许多人看似素不相识，其实却在深刻地相互影响着。

二十年前，我13岁，在内蒙古的农村上小学，当时已经是五年级了，而我的成绩却很糟，当时学校实行的还是五年制义务教育，所以，这意味着毕业考一过，我就要从此离开教室，开始与土地打一辈子交道了。因此，我是抱着破罐子破摔的念头。毕业考前的两个月，我根本无法安心在教室里听课了，每天，我都拿着一本课外书，跑到学校大墙外边的一个土坑里去消磨时光。我没有想到，有一天中午，我在学校大门口碰到了学校的校长。在一个孩子眼里，老师都是很神圣的，更何况是校长呢! 我诚惶诚恐地说了一声"校长好"。令我惊讶的是，校长看了看我，竟笑着叫出了我的名字，那一刻，我被一种受宠若惊的感觉包围着: 校长竟然认识我? 校长说: "我怎么会不认识你，在五年级40多名学生里，数你作文写得好。"看着校长笑着离开，我竟突然感觉眼前的天空一下子明媚起来，那颗一直茫然凄惶的心灵，竟在一句话里找到了一个有力的支撑。

带着这股力量，我又返回了教室，开始练习写作文，那两个月里，我不知疲倦地看什么写什么，结果我的作文水平又大大地提高了。毕业后，虽然我的成绩一般，但由于作文写得好，语文试卷答了满分，便被乡中学破格录取了。后来，我上了高中，考上大学。

二十年前那个老校长，如今已不知身在何处，但他的一句话，却改变了我的一生。

一个人对另一个人的影响，不会分时间和地点，也无论陌生或熟悉，那总是难以避免的，所以，对于身边的任何一个人，我们都要心怀友善，用正确的态度给这个人以鼓舞，以激励。也许，我们的一句话，或是一个眼神，就足以改变他的一生。

作者交待亲身经历的事情，突出主旨。

写出校长带给"我"的影响之大，只是一句话，对"我"却感觉好像是心灵有了寄托，有了支撑。

结尾抒发作者的看法，点明主旨。我们要心怀友善给人以美好的影响，也许只是一句话就能改变一个人的一生。

本文的作者用流畅的文笔为我们记叙了两件事，虽然普通却寓意无穷。

文题用"美好影响别人"，全文围绕这个来展开。村妇有意无意的一句话，老校长亲切的问候都在影响着别人，所以我们也应该注意自己的言谈举止、行为风度，要用美好的行为影响别人。

同时，我们也应该多听一听、多接纳那些心怀友善的人提出的美好意见，说不定会影响我们、甚至改变我们的一生。

姜莹雪 ◎ 评

━━━ **知识链接** ━━━

《倚天屠龙记》是武侠大师金庸的长篇小说，它成书于1961年，是"射雕三部曲"系列的第三部。故事时间前后跨度一百年，以元末群雄纷起、江湖动荡为广阔背景，剧情围绕两样兵器——屠龙刀和倚天剑展开。第一卷叙述武当弟子张翠山卷入夺刀纷争，第二卷至第四卷叙述张翠山之子张无忌的江湖生涯，主要是明教和中原武林之争及起义军和朝廷的对抗，少年张无忌因缘际会练就一身盖世武功，以天下人叹服的武力和无可替代的人格力量，统领群雄。故事同时展现了武林众豪杰的质朴豪情和形态各异的精神风貌。

第五辑

# 信誉的种子

　　播下信誉的种子，然后低下头用坚定与责任去浇灌呵护，在生命的下一个季节，你偶然抬起头，会看到有硕果缀满你家后园的每一棵树。

文／秦小睦

# 被嘲笑的
# 技能也会发光

20世纪末，数码影像远不及当下普及，传统影像是人们拍摄的首选。当时，城市的街头有许多快速冲洗店，人们在那里买了胶卷，带着傻瓜或机械相机拍摄，然后拿回来冲洗。

由于各家冲洗店都配备了国产或进口的彩扩机，整个流程都凭借机器的运转完成，彩扩员的工作实际并不复杂。毫不夸张地说，一个对照片冲洗很陌生的人，只需要两三周的时间磨炼，便能轻松地上岗，胜任多数照片的冲洗。

在一间位于高校门前的冲洗店，有三位年轻的彩扩员，小陆、小王和小谢。虽然冲洗店的生意还算不错，但是依旧无法让彩扩机马不停蹄地"工作"。更多的时候，三位年轻的彩扩员在保养机器、翻看报刊或者发呆。比起那些在车间或者工地忙碌的打工者，不仅他们的工作是轻松而惬意的，薪水还非常地可观。彩扩店的老板常常劝他们，"你们有时间可以多学点技能，技多好傍身嘛。"小陆笑着说，"不管时代怎么变迁，人们还是要买胶卷拍照片，我看至少五十年不会变。"小王也说，"老板，你的美意我们心领，我们有信心做一辈子的彩扩员。"

交待时间背景。

运用语言描写，将两个人的心里想法展现出来形象地表现出来。

小谢没多说什么，却把老板的话牢牢地记在心底。小谢不仅报名参加和彩扩相关的摄影培训班，还报名参加了电脑技能高级培训班。小谢报完名回来，小陆和小王就开始嘲笑他，大意无非是，"学习摄影或许对冲洗照片有帮助，学习电脑技能岂不是太闲得慌了。"小谢边上班、边学习，本来闲散的日子变得紧张起来，倒是小陆和小王依旧优哉游哉的。没多久，小谢先后在两个培训班结业，不仅拿到大红的证书，也学习到宝贵的技能。

> 对比鲜明，为下文作铺垫。

最初，学成归来的小谢并没有什么突出的表现，冲洗出来的照片跟小陆和小王不分上下。后来，当彩扩店扩大经营范围，开始兼营拍摄业务时，小谢学习的摄影技术便派上了用场。虽然，彩扩店接纳的拍摄业务都很简单，无师自通的小陆和小王也可以胜任，但是拍摄的效果却怎么也比不上小谢，小谢在店里的地位也默默突出了些。

再后来，连胶卷都渐渐退出了人们的生活圈。数码相机取代了傻瓜或机械相机，冲洗照片不再是人们的首选，人们习惯将照片保存在电脑或网络里，纵使选择冲洗照片要求也提高了许多。小陆和小王明显跟不上新形势，彩扩店老板没有培训他们的想法，而是迅速找到了能胜任的新人才，唯有小谢笑到最后、屹立不倒。

> 时代更新之快，与前文相照应。

所谓"技多不压身"，只有技能才是靠谱的"铁饭碗"，多掌握一项技能，就多一些资本，也多一条出路。纵使一些技能暂时无用或被嘲笑，但是技能发光的日子，便是我们笑傲职场的时刻。

> 点明主旨，阐明观点，只有不断学习，才不会被社会淘汰。

用一个简单、平实的故事，阐明一个道理：居安思危。只有具有危机意识，不断学习，不断进步，才会在社会的浪潮中占有一席之地。

　　许多时候，我们常常因为自身所拥有的优势而忘乎所以，认为有了优势便少了忧患，却往往忽略了一个事实：因为优势，我们少了警醒和戒备，从而把优势变成了劣势。所以我们往往不是跌倒在自己的缺陷上，而是跌倒在自己的优势上。

姜昊天 ◎ 评

━━ **知识链接** ━━

　　照相机一般可按其使用技术特征如：画幅大小、取景方式、快门形式、测光方式来分类，也可按照相机的外形和结构来分类。具体分类情况如下：

　　1. 照相机根据其成像介质的不同。可以分为胶片相机与数码照相机以及宝丽来相机。

　　2. 按照相机使用的胶片和画幅尺寸。可分为35mm照相机（常称135照相机）、120照相机、110照相机、126照相机等。

　　3. 按照相机的外型和结构。可分为平视取景照相机（Viewfinder）和单镜头反光照相机（单反相机）。

　　4. 按照相机的快门形式。可分为镜头快门照相机（又称中心快门照相机）、焦平面快门照相机、程序快门照相机等。

　　5. 按照相机具有的功能和技术特性。可分为自动调焦照相机、电测光手控曝光照相机、电测光自动曝光照相机等。

文／诗 雨

# 杨绛"送"我一幅画

看了杨绛先生的一个采访，她要在身后把家财尽数捐给公益事业，不过不会以钱先生或她的名义命名，"捐就捐了，还留名干什么？"然后记者善意恭维说她身体这么好，能活一百岁以上，她说那就太苦了，这几年活下来就不容易，得靠翻译非常难译的书来投入全部精力，忘了自己。见多人们总结自己的一生，大说功业，杨绛先生却站在人生末端，回望一生，说："总而言之，一事无成。"

记者问她怕不怕死，她说："生、老、病、死都不由自主。死，想必不会舒服。不过死完了就没什么可怕的了。我觉得有许多人也不一定怕死，只是怕死后寂寞，怕死后默默无闻，没人记得了。这个我不怕，我求之不得。死了就安静了。"

心里一痛，想，杨绛先生还"送"过我一幅画呢：

我做了杨绛的学生，在她的房里做功课。杨先生拿一支铅笔，在一张大大的竖幅宣纸上飞快作画，水墨晕染，岩石嶙嶙，且一束一束的花，虽是没有颜色，却有喷火蒸霞之妙。我说先生，把这幅画送我吧。杨先生说："若我是用彩笔画的，不会给人的，既是用铅笔画的随兴之画，你要，就给你吧。"

我得寸进尺："那，先生给我落上款吧。"

（左侧批注）

开门见山，自然流畅地写出了杨绛先生的善良、谦虚。

此处说明杨绛看淡生死，更不求死后留名。

点题。

杨绛先生爽快答应："你叫什么？"

我说我叫闫荣霞，然后不好意思："很俗气的名字，对不对？"

杨先生不以为然地说："千万不要说俗气，好名字也能被人叫坏，坏名字也能被人叫好……"我不说话了，慢慢领略她的话里深意。

寓意深刻。

然后她又提笔沉吟，我提醒："闫，就是大画家闫立本的闫；荣，光荣的荣。"

不知道先生是不是没听真，"闫"字写对了，"荣"字写成"云"，然后在整幅画上画一朵大大的云朵笼罩画面，预示我的"云"字，我着急："先生，我不是叫云霞，是荣霞，荣。"

先生说哦，好的，她改过来，然后又写"霞"，一边写，一边说，"骆宾王《滕王阁序》有诗：流水空山有落霞，好境界……"

引用古诗。将作者写错，烘托出梦境，也照应下文。

猛然惊醒，睁开眼睛，却原来是南柯一梦。

我跟杨绛先生，是我晓得她、她不晓得我的情分，何至于会在梦里和她有缘相见，且蒙一幅画相赠？一定是感念她清水淡烟的做人德行。只是我见识疏浅，居然把错误的诗句安在杨先生头上：把王勃的《滕王阁序》安在骆宾王头上；又把《红楼梦》里薛宝琴的"闲庭曲槛无余雪，流水空山有落霞"安在《滕王阁序》里，十分惭愧。

如今梦虽然醒，那幅画却印在我的心里，时时拿来默赏。我不是画家，无法重现这幅画的景象，所以，它就成了绝对、绝对的私人财产。感谢杨绛先生，大幸世间有如许干净的人，才会让我做了这么一个美妙的梦。

体现出这幅画的重要意义。

作者对梦境的描写别出心裁，使梦如真事一般。

本文围绕着一个美好的梦展开，在梦中"我"成为杨绛先生的学生，杨绛先生认为被"我"贬得一文不值的名字，其实很好听。她还送了"我"一幅画，令我心生敬佩，无比感动。

梦很美，故事很真实，给人以启迪。

李宛哲 ◎ 评

=== **知识链接** ===

杨绛，钱钟书夫人，本名杨季康，生于1911年7月17日，1932年毕业于苏州东吴大学。1935—1938年留学英法，回国后曾在上海震旦女子文理学院、清华大学任教。1949年后，在中国社会科学院文学研究所、外国文学研究所工作。杨绛女士是著名作家、翻译家、外国文学研究家，主要文学作品有《洗澡》、《干校六记》，另有《堂吉诃德》等译著，2003年出版回忆一家三口数十年风雨生活的《我们仨》，96岁成书《走到人生边上》。

文／逝水浪花

# 我在美国占便宜

来美国俄克拉荷马大学留学不久，我就结交了很多华人同学。一个周末，几个华人朋友约我一起去逛商场。这当然是我求之不得的事情了，因为我还不熟悉附近的商场。

交待事件的起因，引起下文。

在车上，我问他们去哪个商场，他们说先去最近的那个百货商场，那里有免费的化妆品赠送，只要签个名字就可以了。不是说"天下没有免费的晚餐"吗？难到真的有"天上掉馅饼"的事情？我不太相信。

占便宜初露端倪。

等到了百货商场，我才发现是真的。只要签个名字（没有人检查你签的是否是真名），就可以在提供的多种试用品中挑选一种化妆品。这些试用品与国内某些厂家搞的活动不同，他们提供的化妆品不是小包装，而是与商场专柜上卖的大小一样的。我们这群人浩浩荡荡地来到这里排队，很快就每人领到了一瓶。

我和朋友们在商场的小活动中占了便宜。

接下来，大家又开到了另一家商场门前。这里的商场也在搞赠送活动。我们每人又领到了一瓶化妆品。我想应该去沃尔玛了吧，谁知大家又提议去赌场。我反对说："我不会赌钱，也不想赌钱。"他们笑着说："我们也不是去赌钱的。等到了你就知道了。"

埋下伏笔。

原来，不少赌场每逢周末都有一些活动，比如你花10美元，就可以购买到总价值为20美元的10个游戏币。如果不赌的话，就可以把这些游戏币兑换成20美元。因此，很轻松地就可以赚取10美元。所以大家都习惯称之为去"领钱"。每逢周末，很多从不赌钱的朋友也会带上老婆一起去赌场"领钱"。

到沃尔玛购物之后，大家又把车开到了之前去过的一家商场。他们说："根据经验，现在商场负责赠送化妆品的员工应该已经换班了。我们可以再去领一次，换个名字就可以再领一种化妆品。"

由于之前已经占过一次便宜了，"我"良心上过意不去，没有占第二次便宜。

到了那里，果然换人了，但是我觉得很不好意思，就没有去领。另外有两个小伙子也跟我一起离开队伍转而到商场其他地方逛逛，可能他们也觉得不好意思。

大家都很开心，因为我们领到的化妆品都是名牌，每瓶都要几十美元。

再次列举占小便宜的事例。

他们的生财之道还有很多。比如，不停地开、销银行卡也是一种方式。这边很多银行会发放优惠券，新开卡的朋友可以获得100美元左右的奖励，但至少必须使用半年。于是就出现不少朋友到期后就销户、再次重开的有趣现象。

写出我的反思。

我想，我们中国人这些做法确实算是很聪明的，但如果只把自己的聪明用在算计这些小钱上，为此来回奔波甚至造假，我觉得有些得不偿失了。

抒发自己对华人占小便宜做法的感受，点明主旨。

如果正好遇到，去占点小便宜也无可厚非，但如果每天都主动来追逐这些小便宜，就未免本末倒置了。也许当一个人做这样的事情久了，他的心态将会变得浮躁，眼光会变得渺小，他的思想也会变得狭隘。这些看似天上掉馅饼的事情会让他们荒废很多时间和精力，甚至虚度一生。

因此，我想，这样的便宜还是少占为好。

本篇文章通过描写自己和朋友们去赌场、去商场等场所占小便宜的举动，抒发了自己对中国人和自己朋友做法的不支持，认为这样贪图小便宜既是一种不正派的行为，也会虚度自己的光阴，并劝阻这些贪小便宜的人，要为自己的人生奋斗，不要再浪费青春年华。

张钰瞳 ◎ 评

### ━━ 知识链接 ━━

　　俄克拉荷马大学是一所四年制公立大学，成立于1890年。该大学下设的13所学院为：建筑学院、文理学院、Price商学院、教育学院、工学院、美术学院、地球科学学院、人文学院、健康学院、牙科学院、药学院、公共健康学院、法学院。在2008年美国大学综合排名(本科)，第108位。大学设有9个本科学院和9个研究学院，设有134个本科学院教学计划、82个硕士学位教学计划、51个博士学位教学计划和一个职业学位教学计划。

　　俄克拉荷马大学由19个学院组成，有三处校园：Norman校园、Oklahoma城最大的健康科学中心校园以及Tulsa校园，其中Norman校园最大，有12个学院，地处俄克拉荷马市郊区。

文／黄兴旺

# 信誉的种子

通过移民的节俭，暗示钱对他们的重要性。

20世纪初，来美国的移民非常重视节俭，他们尽量把每一分钱都积攒下来。纽约市的霍夫曼·伍德福便成立了一家小银行，来吸收移民的存款。

1915年圣诞节前夕的一天，这家银行的出纳员外出午餐，只有伍德福一个人在屋子里。就在这时，3个蒙面歹徒冲进来，把伍德福关进厕所，然后将银行里的22000美元席卷一空。储户们听到这一消息，都蜂拥前来提款。虽然伍德福尽了最大努力兑付，但仍然不支，最后被迫清盘，宣告破产。250个储户共损失了18000美元。

用数字渲染事情的严重性。

一位银行家对伍德福说，银行遭遇抢劫，这是天灾，既然已经宣布破产，你就没有任何责任了。存款也不用还了。伍德福说，法律上也许是这样的，不过，我个人是要认账的，这是信誉上的债务，我一定要归还。

坚守信誉、保持良心，与后文兑现诺言的贺卡相照应，引出后文伍德福不懈地努力。

伍德福为了还债而努力奋斗，他白天为人粉刷墙壁，晚上为人补鞋，他还让自己所有的孩子上街捡垃圾。伍德福听说一位储户患了重病，生活困难，他就通过邮局把那位储户十几年前存的177美元寄给了他。以后，伍德福一家积攒了一点钱总是先还给最困难的储户。伍德福听说一位身患重病的寡妇无力抚养孩子，她曾在伍德福这里存了375美元，伍德福首先还

通过伍德福还钱的描写，说明了伍德福重视信誉；把最先筹到的钱留给最需要的人，更体现出了他的仁爱。

给她100美元，另外每月还她10美元，使她付清房租。伍德福还听说一位储户欠了税，有坐牢的可能，20年前他在伍德福这里存了一笔钱，伍德福连忙找到他，还了他的存款，使他免受牢狱之苦。

但由于时间太长，有的储户记不清了，伍德福就在保险公司、教堂、开发商甚至在当地报刊登广告，寻找存款人。他从一篇新闻报道中，发现加利福尼亚有3位久未寻到的储户，他便把存款分别寄给了他们。这三个人收到钱后异常感动，其中两个人把钱退回来，请他转给穷人或他们的孩子。

通过行为描写，写出伍德福重视信誉的程度。

1946年圣诞节前夕，银行被抢31年后，伍德福还清了250位储户的18000美元存款。因为第二次世界大战而散居世界各地的伍德福的孩子也再行团聚到了一起，一家人决定重操旧业，于是伍德福银行再次开始营业了。此时，伍德福一家向过去所有的储户或他们的孩子寄出了一张贺卡，贺卡上附了几句话："家父霍夫曼·伍德福曾经营一家储蓄所，1915年该行遭劫后，被迫停业，但当时家父曾向各位储户保证，日后必将存款归还。经过多年的奋斗，我们兑现了承诺，现在还清了全部存款和利息，欢迎你们再次到伍德福银行来存款，祝大家圣诞快乐。"

一张贺卡、一份轻松、一份自豪。兑现还款的贺卡照应前文伍德福一家10余年的努力。

接下来，这些散居美国各地的伍德福的老储户们不管距离有多远，都特地来到纽约，把钱存到伍德福银行里。同时他们还把自己的亲戚和朋友也介绍到这里来存款。伍德福的故事在报纸上登出后，感动了很多的美国人，他们都愿意把钱存到讲信誉的伍德福银行。这样，伍德福银行逐渐发展壮大，在美国银业中占有了一席之地。

通过写伍德福银行的现状，说明坚守信誉的收获远多于18000美元，体现了重视信誉的回报。

播下信誉的种子，然后低下头用坚定与责任去浇灌呵护，在生命的下一个季节，你偶然抬起头，会看到有硕果缀满你家后园的每一棵树。

结尾运用比喻的手法，总结全文，深化主旨。

## 点 评

为了一份信誉，也为了储户的切身利益，凭着一份坚持，伍德福用了31年时间，还清了每一份存款，也兑现了他的承诺。正如文尾所说，"播下信誉的种子，然后低下头用坚定与责任去浇灌呵护"，也许在这个过程中会很苦会很累，但风雨过后收获的会是更多的信任。

卢明君 ◎ 评

=== **知识链接** ===

移民即殖民，其活动范围涉及广泛，如殖民美洲、移民欧美等地。移民为那些由一个国家或区域，移动到并长期居留于另外一个国家或区域，在移居地从事生计性的经济活动，并被授予当地社会义务的个人或人群。移民运动是在本质上不同于军事武装征服入侵时所引起的广泛的人群迁移，它是人类在发展过程中的族群扩张活动，是经济扩张的一种形式。

文/木 子

# 上帝不敢辜负信念

15世纪中叶的一个夏天，航海家哥伦布从海地岛海域向西班牙胜利返航。

开门见山，直接写事。

怀着又一次航海探险成功的喜悦，哥伦布率着他的船队在风平浪静、一望无际的茫茫大海上像海鸟一样轻松地游弋。经历了惊涛骇浪的许多船员都在甲板上默默祈祷：上帝呀，请让这煦暖的阳光一直陪伴我们返回到西班牙吧！

运用比喻，形象地写出了船队成功返航时船员的兴奋之情。

为下文作铺垫。

但船队刚离开海地岛不久，天气就骤然变得十分恶劣。天空集满了一团一团苍黑的浓云，远方的闪电，不停地驱赶着巨大的风暴，狰狞地从远方的海上向哥伦布的船队迎头击来。

写出天气的恶劣情形，运用拟人，写出了环境的不友好。

这是一场惊涛裂岸般的特大风暴。恶浪迭起，惊涛咆哮，一道道翻腾的浊浪呼啸着拍向哥伦布船队的一艘艘已经千疮百孔的木船，喷溅的海水跃上了船舷和甲板，几个还没来得及落下船帆的桅杆在暴风雨里"嘎咧咧"地折断了，几只海鸥凄叫着被暴风雨卷入汹涌的波涛里。风雨交加，电闪雷鸣，哥伦布的船队瞬间就被冲击得七零八落，就像几枚飘落在海上的树叶。

用桅杆和海鸥衬托当时环境的恶劣，也写出了船队在狂风暴雨中的无助。

这是哥伦布航海史上遭遇的最大一次风暴，有几艘船已经被海浪打翻了，只一闪便沉入了大海的深渊。船长悲壮地告诉哥伦布说："我们将永远不能踏上陆地了。"

哥伦布知道，或许就要船毁人亡了，他叹口气对船长说："我们可以消失，但资料却一定要留给人类。"哥伦布钻进船舱，在疯狂颠簸的船舱里，迅速地把最为珍贵的资料缩写在几页纸上，卷好，塞进一个玻璃瓶里并加以密封后，将玻璃瓶抛进了波涛汹涌的茫茫大海。

"有一天，这些资料一定会被冲到西班牙的海滩上！"哥伦布肯定地说。

"绝不可能！"船长坚定地说，"它可能会葬身鱼腹，也可能被海浪击碎，或许会深埋沙底，但它绝不可能被冲到西班牙的海滩上去！"

哥伦布自信地说："或许是一年两年，也许是几个世纪，但它一定会漂到西班牙去，这是我的信念。而上帝可以辜负生命，却绝不会辜负生命坚持的信念的！"

幸运的是，哥伦布和他的大部分船只都在这次空前的海上风暴里死里逃生了。回到西班牙后，哥伦布和船长都不停地派人在海滩上寻找那个漂流瓶，但直到哥伦布离开这个世界时，那个漂流瓶也没有找到。

在哥伦布生命的最后时刻，他拉着船长的手，依旧充满着自信地说："那个漂流瓶终有一天会被冲上西班牙的海滩的，这是我的信念。上帝可以辜负生命，但他绝不会辜负人的信念！"哥伦布去世了，船长还一直派人不停地在海边寻找着那个漂流瓶，但直到船长也离开这个世界时，那个哥伦布的漂流瓶依旧杳无音讯。船长把哥伦布自信的话和寻找漂流瓶的使命告诉并嘱托给了自己的儿子，他们一代一代地坚持在西班牙的海滩上寻找着。同时，他们也寻找着"上帝会不会辜负人的信念"的确切答案。

1856年，大海终于把那个漂流瓶冲到了西班牙的比斯开湾，而此时，距哥伦布遭遇的那场海上风暴，

---

通过语言描写和行为描写，写出哥伦布面对可能船毁人亡的情况时，首先想到的不是个人的安危，而是要保存好资料。

写出哥伦布坚信漂流瓶会漂到西班牙的信念，以及对上帝的信任，第一次露出全文主旨。

哥伦布在临死前依然相信"上帝不会辜负人的信念"。

已经整整过去了三个多世纪。上帝不会辜负生命的信念，上帝没有辜负哥伦布的信念。

是的，上帝是不会辜负生命的信念的，在飘飘摇摇起起落落的命运里，只要你信念的灯闪烁着，只要你信念的灯燃亮着，你就一定能够抵达你期望的驿站，你就一定能够梦想成真！

结尾扣题，点明主旨，升华全文，引人深思。

全文讲述了一个关于信念的故事，通过举哥伦布的事例，层层展开，渐渐突出中心：上帝不辜负信念。

的确，信念是永恒的，只要人心中有了信念，并有坚持下去的信心和决心，信念终究会有成真的那一天。

王冠添 ◎ 评

═══ **知识链接** ═══

克里斯托弗·哥伦布：意大利航海家。生于意大利热那亚，卒于西班牙巴利亚多利德。一生从事航海活动。先后移居葡萄牙和西班牙。相信大地球形说，认为从欧洲西航可达东方的印度。在西班牙国王支持下，先后4次出海远航（1492—1493，1493—1496，1498—1500，1502—1504），开辟了横渡大西洋到美洲的航路。先后到达巴哈马群岛、古巴、海地、多米尼加、特立尼达等岛。在帕里亚湾南岸首次登上美洲大陆。考察了中美洲洪都拉斯到达连湾2000多千米的海岸线；认识了巴拿马海峡；发现和利用了大西洋低纬度吹东风，较高纬度吹西风的风向变化；证明了大地球形说的正确性。

第六辑

# 恕我不能陪你轻狂

客气祝福，礼貌作别，心里说小友再见，轻狂是你的资本，恕我不能奉陪你的轻狂。

文／瘦尽灯花

# 恕我不能陪你轻狂

《红楼梦》里有一对姐妹花——尤氏双艳，香艳，轻狂。尤二姐的轻狂大概属于"闷骚"型，不言不语，温柔绮丽，先跟贾珍，后从贾琏；三姐是辣妹型，明目张胆地轻，大张旗鼓地狂，既不正经，又绝不假正经。她在珍、琏这对无耻之徒面前有过一段绝美的表演："松松挽着头发，大红袄子半掩半开，露着葱绿抹胸，一痕雪脯。底下绿裤红鞋，一对金莲或翘或并，没半刻斯文。两个坠子却似打秋千一般，灯光之下，越显得柳眉笼翠雾，檀口点丹砂……"这种轻狂并不像蝶恋花，蜂逐蜜，一定要给自己搏来一个大好前程，反而在轻狂背后是惨绿或者沉黑底子的反抗与绝望。

《金瓶梅》里的潘金莲更是天下第一轻狂人。她的轻狂已如血、如墨，浸透每一寸皮骨。从头看到脚，轻狂往下跑；从脚看到头，轻狂往上流。就连观个灯也没有消停："那潘金莲一径把白绫袄袖子儿搂着，显他那遍地金掏袖儿，露出那十指春葱来，带着六个金马镫戒指儿，探着半截身子，口中磕瓜子儿，把磕的瓜子皮儿都吐落在人身上，和玉楼两个嘻笑不止……引惹的那楼下看灯的人，挨肩擦背，仰望上瞧，通挤匝不开……"想来轻狂的一个明显特征就是随时随地都有一种表演性，时刻梦想自己站在大舞

开篇引《红楼梦》中人物尤氏姐妹，写出她二人不同的轻狂特征。

运用外貌和细节描写，生动形象地写出了"尤三姐的香艳"。

深度解析了此种轻狂，用二人的悲惨命运解析了轻狂的原由。

潘金莲属于第二种轻狂，是由骨子里渗透出来的，刻意张扬，又不乏自信。

潘金莲的轻狂来自她的自信、她的目中无人、她的美貌，也正是因为这些才能使她有世界因她而转动的想法，才有表演欲望。

台，底下观众双目炯炯，对着自己张大嘴巴呆看，呵，美呀。于是越发扭腰甩袖，睃眉抛眼地唱。

到现在还记得高中时的一个邻班同学，个矮面肥，皮肤油黑发亮，走路一扭十八弯，被一帮刀口无德的男生讥为"丑女蛇"，伊却偏偏越是在他们面前，越喜欢大声地笑，夸张地闹，一边笑着，闹着，一边把眼神一瞥，然后把落在额前的发丝一掠；然后再一瞥，又一掠，这样瞥瞥掠掠中，走过了高中三年。那时是不理解的，还有一些微微的不屑，现在想来，这种轻狂并不同于尤氏姐妹和潘金莲，也不同于世上所有轻薄女子的尘世轻狂，它不过是青春年少的一种特权，亦或说青春世界里一场不自知的轻舞飞扬。

这个并没有什么不好。青春嘛，就是要轻，就是要狂，无论这个世界在中年人眼里是怎样的柴米油盐，名疆利场，在青春正盛的人那里，它就是遍地桃花开的心神荡漾。

所以我喜欢看年轻人的轻狂：轻是真轻，狂也真狂。一个二十来岁的青年小友，一定要引我为同道，"咱们这些作家，都是写散文出身……"我惭愧，赶紧声明："第一，我不是作家；第二，我也不是写散文出身，没有一点成就，哪里就敢自言'出身'！"

"你不必客气，"他语气昂然，"我们的功力都已经达到十分上乘的境界，所以，我准备要在某某杂志开专栏。"我疑惑："这是期刊界的老大，从它诞生之日起，就从来没有为任何作者开过专栏，哪怕你著作等身，世界扬名……"

"我开了，不就有了么？而且我希望你也能在那里开专栏，我们要横扫文坛，灭尽千军。三年之内，赶超鲁迅与曹雪芹……"

一边听一边羡慕，战战栗栗，汗不敢出。原来轻狂真是阶段性的消费品，年青人哪怕头顶三千尺的气焰，也是好看。可是要我轻狂，我却不敢。青春已过，世情洞然，自身如蚁，世界如象，叫我伸出腿来，绊大

这轻狂是属于青春年少的张扬，可以不美、可以被讥讽，但青春无错，不显张扬怎能有轻舞飞扬的时刻。

可以是高傲，也可以是孤芳自赏，更是青春本色。

以亲身经历写出对轻狂的看法。

由年青小伙的自信狂傲对比我的战栗疑惑，更加凸现文章中心，轻狂属于青春，源于自信。

轻狂是年轻人的特权，人一旦上了年纪，经历过了风风雨雨，便会瞻前顾后，没有了放手一搏的豪气，自是没有了那份狂傲，若是故作轻狂，破绽太大，只会徒增笑耳。

象一跤，我怎么敢！若是我也不知轻重，豪言壮语一番，那就不是青春阵发性的轻狂，而是尘世风骚不自知的轻狂，就像赵树理笔下那个何仙姑，小鞋上仍要绣花，裤腿上仍要镶边，顶门上的头发脱光了，用黑手帕盖起来，可惜宫粉涂不平脸上的皱纹，"看起来好像驴粪蛋上下了霜。"在自己是尴尬，在别人是怜悯，更会便宜那一等刻薄人，歪着嘴巴笑半天。

客气祝福，礼貌作别，心里说小友再见，轻狂是你的资本，恕我不能奉陪你的轻狂。

结尾扣题，暗点中心。

　　文章以"轻狂"为线索，由《红楼梦》中尤氏二姐妹的轻狂到《金瓶梅》中潘金莲的轻狂，由高中同学的轻狂到工作中同事的轻狂，写出了轻狂的林林种种。

　　轻狂是青春的特权。年轻时张扬的个性被称之为有活力，神采飞扬；年龄大了再轻狂就会成为他人的笑柄。也许适时拥有轻狂本色不无坏处，那是一种孤傲、自信与我行我素，也是青春活力的一种体现。

谈一霖 ◎ 评

=== 知识链接 ===

　　《红楼梦》，中国古代四大名著之一，章回体长篇小说，成书于1784年（清乾隆四十九年），《梦觉主人序本》正式题为《红楼梦》。其原名有《石头记》、《情僧录》、《风月宝鉴》、《金陵十二钗》等。前80回曹雪芹著，后40回无名氏续，程伟元、高鹗整理。本书是一部具有高度思想性和高度艺术性的伟大作品，作者具有初步的民主主义思想，他对现实社会、宫廷、官场的黑暗，封建贵族阶级及其家族的腐朽，对封建的科举、婚姻、奴婢、等级制度及社会统治思想等都进行了深刻的批判，并且提出了朦胧的带有初步民主主义性质的理想和主张。

文/小 路

# 只坐一个座位

开篇交待了故事发生的背景，也写出了作者在公交车上观察到的种种"怪状"。

　　我是城市里的巴士一族，每天挤公共汽车上班、见客户，或与女孩子约会。时间长了，我也目睹了公共汽车上许多怪状，比如上车不刷卡用口技冒充、比如没有人给老弱病残孕者让座……

　　每每看到公共汽车上的不文明现象，我总是不由得皱起了眉头。就拿大人指使免票的小孩占座来说，人家公交部门明明给小朋友免了票，家长却贪图一时的舒适，让孩子旁若无人地坐到一旁的位置上。哪怕是座位边上有乘客站着，甚至是抱小孩者站立不牢地摇晃着，家长依旧视而不见，弄不好还说句，"我们坐我们的，甭管别人。"这样的自私实在不是合适的家教，也无形中侵占了别人的权益。久而久之，竟然无奈地习以为常，不过内心的悲哀从来没停止过。

通过举例，阐述心中感想，微显主旨。

　　前不久，我又一次坐公共汽车出门，车上人不怎么多，还有许多空座位。刚过两站，上来个民工模样的男人，带着个脏兮兮的小孩，背后还背着个硕大的行李包。男人径直来到我前面一排坐下，将行李包安顿好，然后抱着孩子靠窗坐下。他身边分明还有位置，可是他依旧选择和孩子只坐一个座位，而且他的选择是那么自然和从容。

通过外貌和行为描写，写出这个民工模样的男人心中有一种意识，一种"只坐一个座位"的意识。

　　没过一会儿，又上来一位衣着光鲜的城里女人，她的孩子明显不够买票的身高，但是她和她的孩子却

鲜明对比，为后文内容作铺垫。

占了两个座位，就在我的前两排，民工模样男人的前面一排。即时的对照，仿佛一面镜子衡量了他们，顿时也显示出两人的差别。

　　乘客渐渐多了起来，男人"让"出的一个座位，很快坐了一个鹤发童颜的老人。但是，女人和她的孩子却依旧稳如泰山地坐着，不管她身边是男人、女人或是老者。车上的人越来越多，女人边上又站着个年轻妈妈，怀里抱着个哭闹不止的孩子。这个年轻妈妈是80后，显然没有什么经验带孩子，更何况是在摇晃不已的公共汽车上。

"稳如泰山"写出了女人的"淡定从容"，不认为自己的行为有什么不妥，同时凸显了男人的优秀品质。

　　女人依旧没有让座的意思，还和孩子一起看着窗外，一副置身事外的姿态。我前面的男人坐不住了，他轻轻地拍拍他前面女人的肩膀。女人回头后，表现出的是厌恶的情绪。男人轻声说，"大姐，您抱着孩子，让个座位给这个抱孩子的年轻妈妈吧。"女人不理，眼神里透露着鄙夷，仿佛在说，"乡巴佬，要让你让！"男人提高了分贝，"您的孩子和我的孩子一样都免了票，所以我们只有坐一个座位的权利，您何必抢别的座位呢？"

对男人的鄙视与瞧不起。

　　或许是一个"抢"字刺激到了女人，或许是车厢里聚拢过来的眼神给了女人压力，她终于面红耳赤地让出了座位。坐到座位的年轻妈妈环顾四周，忙不迭地言谢，给男人、给女人、给车厢里每一个人。下车时，女人的耳根依旧红红的，带着孩子仓促地离开了"现场"。

"现场"给人一种犯罪的感觉，而有时候，道德上的犯罪比法律上的犯罪所造成的影响更为严重。

　　男人的选择，让我们明白城里人也好、乡下人也罢，只有遵守"只坐一个座位"的准则，遵守城市里诸如此类的基本秩序，我们的城市才会更美，才会更接近我们所追求的和谐。而我们有理由相信，真正的和谐是没有城乡之别的，也没有贵贱之分，只有融合的完美。

通过议论，点明主旨，升华中心。

本篇文章从大处着眼，小处着手，通过描写一件发生在公交车上的小事，反映出一种社会现象：道德感的缺失。

　　虽然男人是一副民工模样很不起眼，但相比之下那个衣着光鲜的城里女人更让人鄙夷。男人也许很穷，没有华丽的衣着，却懂规则，有一颗温暖、善良、纯朴的心，这正是现代社会所缺失的。

　　正如文章结尾所说，只有遵守规则和秩序，我们的生活环境才会更加美好，真正的和谐无高低贵贱之分，只要人人都保持着一份真诚的心就足够了。

张月桐 ◎ 评

**知识链接**

　　雪花，一种晶体，结构随温度的变化而变化，其又名未央花或六出，一种美丽的结晶体，它在飘落过程中成团攀联在一起，就形成雪片。单个雪花的大小通常在0.05~4.6毫米之间。雪花很轻，单个重量只有0.2~0.5克。无论雪花怎样轻小，怎样奇妙万千，它的结晶体都是有规律的六角形，所以古人有"草木之花多五出，独雪花六出"的说法，世界科学史著作中有记载是中国人最早知道雪花的六角结构的。

文/马敬福

# 用良心开车

那天，我要到一个地方办点事情，因为不知道那个地方的具体方位，我便打了一辆出租车。上车之后，我对司机说，我没去过那地方，让他给我选一条最近的路，我要赶时间。司机一指我对面的一个小牌子："瞧见了吗？我是行业标兵，用良心开车，绝对不会拉着你瞎转，你就请好吧！"我看了看小牌子，也记住了司机的姓名和车牌号。

*开篇点题，也为下文司机用"良心"开车作铺垫。*

司机开车上路了，车子七拐八拐，汽车开得飞快，一连着躲过了好几个红灯，十多分钟之后，司机停了车，用手一指车外："你看，你要去的是不是那地方？"我点了点头："是，没错。"说着，顺便看了看计价器，五公里半，十二块五。我掏钱下车，到那地方办事了。

*"躲过好几个红灯，十多分钟，十二块五"表面上看好像司机是用良心开车，其实不然，为下文埋下伏笔。*

办完事出来，我看了看表，时间还早，我又没有什么事情，便想散散步，走着回去。因不知道回去的路线，我便凭着感觉走。穿过一个路口，拐上一条马路，我抬头一看，咦？前面不就是我的家吗？我目测一下，从我办事的地方到我的家，最多也就一公里的路程，步行用不了十分钟，而那个声称"用良心开车"的司机却拉着我走了五公里半，用了十多分钟时间。

*与上文"七拐八拐"形成对比。*

*照应上文。*

在我们那个城市，出租车起步价是八元钱，路程三公里，三公里之后，每公里一块五毛钱。也就是说，那个司机为了多赚我四块五毛钱，把他的良心稍稍放偏了一点，车子稍稍开快了一点，拉着我稍稍多转了一小圈儿。我不禁暗笑，"用良心开车"还这么开，"行业标兵"还这么干，要是不用良心开车，不是行业标兵，又当如何呢？

引人思考，也起到承上启下的作用。

几天之后，我又要去那个地方办事，出门的时候，可巧又看到了那辆出租车。我招手把车叫过来，告诉司机还去前几天去的那个地方。上车之后，我说这次没什么急事儿，车别开那么快，路上注意安全。说完，我就靠在座子上闭上了眼睛。我的眼睛虽然闭上了，但还留着一条缝，刚好能看清计价器。车子开动了，计价器上的数字飞快地往上涨，我并不理会，还有声有调地打起了呼噜。

通过语言描写和行为描写，写出"我"心中藏着"阴谋"。

半个小时之后，车子停下了，司机一指计价器："十七块钱。"我使劲打了个响鼻，揉揉眼睛做出刚刚睡醒的样子："多少钱？"司机脸色有点难看："刚才你睡觉了，一路都是红灯，等候十多分钟呢，你要知道，等候五分钟算一公里呀！"我笑了："师傅，今天我没什么急事儿，坐你的车就是想看看你到底是怎么用良心开车的，看看你是怎样当行业标兵的，坐了你两次车，我觉得你良心真是大大的好，标兵当之无愧，你这不是有举报电话吗？我这就打电话表扬表扬你。"说着，我便掏出了手机。司机一见，急忙阻拦："师傅，别别，这次我免费送你到这儿，不要钱行了吧？"我把手一摆："不行，我一定要表扬你，让他们奖你两万块钱！"司机急得眼泪都快下来了，又是冲我点头，又是给我作揖："大哥，算我错，以后您再坐我车，我绝对用良心开车！"我把手机装进口袋，掏出八块钱扔给司机："希望你能记住你说的话，要知道谁比谁也傻不了多少，你今天是碰上我跟你明说，你要是碰上一个不讲情面的，下车之后再打举报电话，恐怕你这一年就得白干！"司机连连点头："是是，是我不对，你走好啊！"

脸色难看，一语双关，既写出司机的不耐烦，也写出司机做亏心事后为了掩饰的窘态。

正说反说，讽刺了这位用"良心"开车的司机。

司机求饶的态度与前文收钱时的态度形成对比。

我下了车，司机呼地一声就把车子开走，险些撞到前面的路牌。我心中暗笑，不用良心开车，最终的结果就是方向跑偏，不被别人惩罚，最后也得被自己惩罚。

其实，做什么事情都是一样，都要把良心放正，只有自己对得起别人，别人才会对得起自己。不然的话，你可能会因一时的小聪明获得蝇头小利，但总有一天，你会为这些付出沉重的代价。那代价可能是你全部的积蓄，也可能是你宝贵的生命。

点明主旨，升华中心。

"用良心开车"并不是嘴上说说而已，而是要说到做到，这样才能对得起良心二字。但有些人，总会为了蝇头小利把良心丢到一边。

其实，不仅开车需要讲良心，做任何事都需要讲良心。我们不但自己要讲良心，还要用自己的言行去影响其他人。如果人人都讲良心，整个社会都会沐浴在有良心的春风里。

做人要有良心，生活中要凭良心做人、工作中要凭良心办事，这是几千年来老祖宗们教人处世的箴言。

翻遍人类生活的方方面面，我们就可以得出正确的答案。良心是正直之心。正直之心是良心之主干，没有正直之心，其他一切难以为存。

边思宇 ◎ 评

**■■■ 知识链接 ■■■**

1907年初春的一个夜晚，富家子弟亚伦同他的女友去纽约百老汇看歌剧。散场时，他去叫马车，问车夫要多少钱？虽然离剧场只有半里路远，车夫竟然漫天要价，多出平时10倍的车钱。亚伦感到太离谱，就与车夫争执起来，结果被车夫打倒在地。亚伦伤好后，为报复马车夫，就设想利用汽车来挤跨马车。后来他请了一个修理钟表的朋友设计了一个计程仪表，并且给出租车起名"Taxi-car"，这就是现在全世界通用的"Taxi"(的士)的来历。1907年10月1日，"的士"首次出现在纽约街头。

文／顾晓蕊

# 你简单 世界就简单

一

"夏风习习"交待了季节，"傍晚"交待了时间，"我"和女儿交待了人物。

夏风习习的傍晚，我们踏上开往上海的列车。安顿下来后，女儿开始摆弄魔方，转过来，掉过去，玩得不亦乐乎。我掏出一本泛黄的旧书，打发漫长而寂寥的时光。

书翻到一半儿，被一阵争吵声打断。抬头，女儿正和对面的外国小朋友说话。大抵是为玩魔方发生了争执，语言不通，声音又大，听起来像在吵架。

我走过去，轻喝道："把玩具收起来。"女儿正玩在兴头，哪里听得进去。

写出了中国式教育与国外教育方式的不同，我们只知道阻止他们，并没有很好的解决办法，我们也应让孩子们自己处理他们自己的事情。

外国夫妇望着我，友善地笑了笑，嘴里叽哩咕噜的。我茫然地摇摇头，愣是一句没听懂。不过，看他们的手势，似乎是想说，孩子之间的问题，由她们自己处理。

过了一会儿，传来阵阵欢快的笑声。女儿在教外国小朋友转魔方，每对好一个平面，两人牵着小手，欢呼、大笑，雀跃不已。

这一路上，她们一起玩魔方，一起分享零食，竟成了好朋友。两人互换纸片，上面用不同的语言写着各自的名字。外国夫妇还在女儿的粉颊上留下香甜的吻。

天刚乍亮，我和女儿站在月台上，跟他们挥手道别。

那个霞光万丈的清晨，因这一场相逢而馨香满怀。我也由此懂得，微笑是一种世界语言，可以拉近心与心的距离。

无论我们的国籍是什么，无论我们来自什么地方，我们都有一个共同的语言——微笑，微笑能拉近心与心的距离。

## 二

穿行在周庄古镇，路遇一家很有特色的银饰店。店内摆放着项圈、手镯、发簪等饰物，雕工细腻，古朴雅致。我的目光越过琳琅满目的饰品，落到缠枝莲图案的苗银手镯上。

跟卖银饰的女人讨价还价，最终谈妥以68元成交。我将镯子戴在手腕上，掏出张百元付账。女人伸手在腰包里摸索一番，少顷，笑着说："找不开钱，我去换一下。"女人踏着青石板路，朝巷子里走去。

埋下伏笔，引人遐想。

我守在原地等候，几分钟过去了，不见女人的踪影。

导游在一旁催促："快点跟上，不要掉队。"同行的朋友提醒说："她或许想到你等不及，故意拖延时间。你再拿她一个镯子，不就结了嘛。"我无奈地笑，轻轻地摇了摇头。

同行的朋友不愿相信这个卖东西的女人，说明人与人之间缺少了一种信任。

我跟随团队走过沈厅，踏过双桥，沿着水巷向前走去。忽然听到身后有人在喊："小妹，等一等。"我转过身，看到了她——银饰店的女人。

当这个卖饰品的女人追上来时，"我"真的不知道该怎样面对。面对她的朴实，"我"觉得无地自容。

她额头上渗出细密的汗珠，双手掐腰，一边喘着粗气，一边说："跑了几家店铺才换开，回来就不见你了。这是找你的32元，数一数吧。"

"我以为……"话刚出口，我不好意思地笑了。她爽快地接话道："哪能呢，不能坏了这里的声誉！"

我被一种感动包围着，心里漾起淡淡的欢喜，不仅为32元钱的回归，更为那一份良善与诚信。

她的言行如一滴水，折射出一座古镇的品质。相信多年后的某个黄昏，我会想起诗意的风景——小桥、流水、人家。

"小桥、流水、人家"，景美人更美。

# 三

香雾缭绕的普陀山上，我与一朵花邂逅。那是一朵神奇的三色花，层层叠叠的瓣，鹅黄色的蕊，在乱草丛中静静地绽放。

我久久凝视，被它的美丽所吸引。恐怕最高明的画师在它面前也难以描绘它的风雅。

我想采摘下这朵花，风干，制成书签，让它淡淡的芳香伴我读书。这样一想，竟兀自笑出了声。

正欲抬脚，草丛里传来一阵窸窸窣窣的声响。我循声望去，只见一条墨绿色的蛇吐着红色的信子，在草丛间游动。我吓得脸青唇白，惊出一身冷汗。

我呆立在那里，连大气都不敢喘一下。我、一朵花、一条蛇，在短短几分钟内，进行了一场心灵的对话，且达成共识——互敬互让，各不相扰。

我没有惊动蛇，蛇也不曾伤害我，当然，那朵花继续在山野之间，接受阳光雨露的滋养。

我们总是抱怨世界太复杂，其实许多时候，是我们的心湖被"自私"的橹搅乱了，起了波澜，失去了原有的清澈与宁静。

冰心老人曾说：如果你简单，那么世界也就简单。我想，人与人之间，人与动物之间，人与植物之间，都需要彼此尊重，相互依存，才能构成一道和谐、自然的美景。

---

*旁注：*

写出了那朵小花的样子以及开放的背景。

侧面写出了它的美。

写出了当时"我"的心情十分紧张。

我们不应抱怨世界太复杂，因为你复杂了，所以世界变得复杂了，所以只要我们学会简单，世界就会变得简单，人与人如此，人与动物亦是如此。

---

简单一些，快乐就多一些，幸福就多一些。

半个世纪前，英国著名的教育家罗素曾经给他的学生们出过1+1等于几的问题。当题目写在黑板上时，济济一堂满腹经纶的高才生们竟然面面相觑，没有一人作答。罗素见状，轻轻巧巧地在等号后面写上了2。他对学生们说："1+1=2，这是条真理，面对真理，我们有什么犹豫和顾忌的呢？"是啊！面对这样简单但真实的问题，我们不该犹豫和顾忌。

生活也是如此，别把简单的问题复杂化，你简单世界就简单。

刘玥含 ◎ 评

**═══ 知识链接 ═══**

冰心 (1900年10月5日—1999年2月28日)，享年99岁，籍贯福建福州长乐横岭村人，原名为谢婉莹，笔名为冰心，取"一片冰心在玉壶"为意。被称为"世纪老人"。现代著名诗人、作家、翻译家、儿童文学家。曾任中国民主促进会中央名誉主席，中国文联副主席，中国作家协会名誉主席、顾问，中国翻译工作者协会名誉理事等职。

文／感 动

# 做别人
# 头上的一缕阳光

短信已成为作者生活中重要的一部分，它牵动着作者一整天的心情，为下文收到一条奇怪的信息作铺垫。

我的手机每天都会收到许多短信，也会发出一些短信。这些短信内容丰富、包罗万象：幽默逸趣、祝福鼓励、智慧迷题，让人赏心悦目。我总以为，亲朋、同事之间的短信酬答，会让每一颗忙碌的心灵有一个可以停靠的驿站，更会让平淡的日子有滋有味、活色生香。

某一天，办公室内，手机铃声突然大作，一条短信翩然而至。这是一个我从没见过的陌生号码，急忙阅读，内容把我吓了一跳："天空是灰色的，心情是落寞的，活着是痛苦的！"我首先想到，这可能是一条发错的短信，发信人显然误把我当成了他倾诉心事的某个朋友；另一种可能是这个人闲着没事干，发恶作剧短信骚扰别人，我暂且把手机放下开始工作，但不知为什么，整个上午，我满脑子竟然都是这条短信。

作者对发信人身份展开联想，作者与人为善、乐于助人的心跃然纸上。

渐渐地，第一种可能占据了我的精神世界，我仿佛看到一个身影正在慢慢走向人生边缘，只要有一只手就能拉住他。我开始猜测这个人的身份：一个落榜的学生，一个破产的生意人，或是一个失去爱情的男孩或女孩，总之，这应该是一个对生活丧失信心的人。我紧盯着手机，觉得自己此时对他而言可能会是一根稻草，或是一缕阳光，总之，自己对他很重要。

我开始想象着如何回应他（她），打电话显然会唐突对方，弄不好会把事情弄得更糟，想来想去，最好的方式还是短信，"谢谢你还记得我，多希望自己是一缕阳光，在每天都晴朗你的世界，多么希望每天都收到你的短信，就像闻到一缕花香。"我轻点键盘，短信发射。这短信一去便如泥牛入海了。越是这样，我越是想着这个短信和它背后的那个人，渐渐地，这件事竟成了我的心病，于是暗下决心，对方就是顽石一块，也要把他风化了。第二天早晨，我发出第二条短信。终于，在下午要下班时，对方回了一条短信，我发现了他（她）语言中的松动。第三天以至以后的每天早晨，我起床后都要站在镜子前审视自己一番，努力使自己进入一种高尚、博爱、友善的境界，然后写一些鼓励的话发到这个手机上。每当短信发出，我都想象着有一缕阳光照射到了这个陌生人的头上。而每天，我竟都会收到来自这个手机的一份短信。我发现，对方的语言渐渐平和了许多，到后来竟也会发一些鼓励的短信给我了。看来，自己发射出的"阳光"已经真地照亮了他的天空。

时光荏苒，一个月就这样过去了，又是某一天，我的手机在一次出差时丢失了，我的短信生活突然中断，令我措手不及。所幸"心无挂碍，无有恐怖"。那天，我在去买新手机的路上回顾这一个月的时间，我竟收获了许多从前不敢奢望的：工作有了很大的进步，结交了一大堆朋友，还遭遇了最甜美的爱情……

真没有想到，当我努力成为一缕晴朗别人天空的阳光时，自己也获得了无限温暖。

考虑周详。

作者想给电话另一端的人以鼓励，当然，安慰别人，自己首先要有积极乐观的心境。

付出终于有了"回报"。

"授人玫瑰，手有余香。"阳光能温暖它传播过的每一条直线，是因为它自身所具有的光热与美好。帮了别人，就是对自己心灵的一次净化，当然也是帮了自己。

一条短信，也许转瞬就消失在电波的海洋中；一缕阳光，它能给的温暖也许微不足道。然而，发出短信的手握紧了希望，阳光的发源地也充满了爱的光亮。而那一缕阳光，也会因源源不断深入其中的关爱和温暖而愈加明亮，直至穿透了阴霾，照亮了某个人头顶的那片天空。

做别人头上的一缕阳光，当你照亮了那个人的世界时，因为你不断发送出的美好，就会发现，自己的天空也是如此晴朗。

孙君怡 ◎ 评

**知识链接**

1992年，世界上第一条短信在英国沃达丰的网络上通过电脑向手机发送成功，从而宣布手机短信诞生。至于中国的第一条短信诞生于何时何地已无从知晓。但据考证，中国的移动通信网络早在1994年就具备了短信功能，只是那时有手机的人根本不需要它罢了。随着手机的日益普及，从1998年开始，移动、联通先后大范围拓展短信业务；2000年，中国手机短信息量突破10亿条；2001年，达到189亿条；2004年，数字飞涨到900亿条。于是短信理所应当地成为了第五种传播工具，"信生活"的提法也因此诞生。于是从1998年至今，不管你愿意与否，短信已逐渐走入我们的生活，成为生活的一部分，我们的生活也因短信而改变着。

文／祁连雪

# 关爱 让生命高贵

关爱是生命的金属，它既具有钻石般高贵恒久的品质，又如同渗进泥土里的那脉清泉澄明朴素。只是，我常常看到，人们常常把钻石揣在自己的怀中，从不用它的光芒给人激励；人们常常给这脉清泉筑上牢固的堤坝，从不让这份澄明润软别人干涸的心田。

我曾在热闹的街头看到这样一幕。一个身体残缺的乞讨者经过闹市时，从罐中拿出一枚硬币，分给了另一个失去双腿，匍匐在桥上的乞讨者，在硬币落入匍匐着的乞讨者面前的那一刻，两个身体同样残缺的人四目相对，点头微笑。这一幕让我眼睛湿润。

尽管乞讨者生活落魄，身处社会的最底层，属于被社会冷落看轻的那部分，但他却乐于献出爱心，在我眼里，他残缺的生命有了钻石般高贵的光辉，他的举动多了一份清泉般见底的澄明。

这样的关爱，像寒冬深夜里在风中摇摆不定的微弱炭火，尽管没有太长的射程、太多的热量，但是，对于炭火旁边那些瑟瑟发抖，希望得到关爱的生命，却阳光般温暖。这样的关爱，就像行将干涸的河滩里点滴流水，像炎炎夏日里的阵阵清风。

关爱，牵连着希望，携眷着力量，蕴含着幸福，散发着温暖，让我们生命的果园里充满斑斓色彩和芬芳花朵。

开门见山，用比喻写出"关爱"的品质。

用乞讨者的例子写出关爱的重要性，直击人心底。

用比喻将关爱比作炭火、比作流水，微小却能给予人莫大的帮助。

运用排比，增强语气，写出"关爱"的重要性。

我深深相信，每个人生命的体内都蕴含着一层层矿藏，汲取是一层，给予是一层，祈求是一层，满足是一层，积淀是一层，消耗是一层，但最具终极价值的是给予的那一层，它像煤一样不起眼，但黑暗的面里包裹的是一颗火热的心，当它被点燃升起火焰的那一刻，生命的苍穹就被照亮，一切困苦、落寞、挫折，烟消云散。

用排比和比喻，写出关爱的本质。

关爱，就是你在力所能及的时候，从你生命的甘霖里抽出一棵草木给身陷泥沼的人传递一股信念，最后成了蕴含希望的救命稻草；关爱，是我们精神大厦里的脊梁砥柱，支撑从低处的台阶走向人生高处的人不断实现梦想；关爱，是从人生的山川河流里分出的一道支流，引入那块贫瘠的土壤，让其中的种子抓住信念的根部生长出葱茏的藤蔓，给大地和天空捧出自己的花朵。

举例说明关爱能改变人的形象，使人变得高贵，紧扣文题。

必须承认我们需要得到很多，但是从终极意义来讲，最大的需要是被需要。一个平凡的人，有了关爱之心，就有了高雅之气；一个富有的人，有了关爱之心，他的形体就比别人多了一个"海拔"；一个贫穷的人，只要有了关爱之心，他的人生就有了富贵的光泽。我们的关爱，满足了别人的需要；关爱，拉近了强者与弱者的距离；关爱，缩短了贫穷与富有的差别；关爱，延长了个体与群体的幸福。

总结全文，点明主旨。
结尾扣题，"关爱，让生命高贵"令人生与众不同，表达了作者对关爱的赞美和敬意。

关爱，让人的灵魂博大、丰富、高贵。芸芸众生，英雄豪杰毕竟是少数，但我敬重每一个默默送出自己关爱的人，他们是沙粒中的金子；朗朗乾坤，百舸争流，但我最眷恋那只顺着爱的风向坦然航行的船，它划出了人世间最美的涟漪，让岸上的我们不再孤单伤悲。关爱，增加了生命原野的厚度，提升了灵魂海拔的高度，拓展了幸福人生的广度。向关爱致敬，向高贵致敬，让我们借着关爱的力量，坦然幸福行走，人生，因此与众不同！

点 评

　　本文以"关爱"为中心，通过抒情和议论，并运用多种修辞手法，淋漓尽致地描绘出了关爱的重要性及对他人的影响，也表达了作者对关爱的尊重和赞美。

　　文章的题目《关爱，让生命高贵》也暗示出真正高贵的并非是表象的身份地位，生命的高贵也是心灵上的、灵魂上的高贵，与贫贱无关。

　　如果世界是一间小屋，关爱就是小屋中的一扇窗；如果世界是一艘船，关爱就是茫茫大海上的一盏明灯。无论是关爱他人亦或是被人关爱都是美好神圣的。关爱让生命更为高贵。

王馨莹 ◎ 评

=== 知识链接 ===

　　砥柱石位于黄河中游的河南三门峡境内。20世纪50年代之前，黄河自然流淌，在三门峡形成了神门、人门和鬼门三道河门，那时候，河水惊涛拍岸，到了汛期，黄汤一样的泥水怒吼着由上游倾泄而下，在三道河门里横冲直撞，在此行船，会造成船翻人亡的后果。在三门的下侧，一座山形巨石横立河中，将汹涌的河水拦于自己的脚下，那河水也怪，遇到了它，便突然温顺起来，河床变宽，留下一片平静的河滩，人们在此歇船避汛。于是，人们非常感激这座石山，以敢挡波涛的勇气和力量为其命名，称它为"中流砥柱"。

第七辑

# 金鱼和木鱼

　　是金鱼就当一条好金鱼,是木鱼就当一只好木鱼。湖山胜境,湖高山低;云水胜景,云高水低;海纳百川,川高海低。看这个世界樱桃红、芭蕉绿、叠翠参差,当沟壑无法抹平,只好让差别造就美丽。

文／凉月满天

# 走自己
# 的路 让西瓜说去吧

我喜欢南瓜。

北瓜笨，疙瘩疙瘩，木头脑瓜。一遇到我笨手笨
脚做笨事，我先生就会叫我："你这个北瓜！"冬瓜
憨，缺心眼儿，喜欢跟人屁股后头瞎起哄，指哪儿打
哪儿。电影里那些个心眼儿不全的矮胖子，大多被起
名"矮冬瓜"。如果北瓜和冬瓜这两个活宝需要一个
首脑，那不用说，一定是伟大的西瓜。

西瓜阴险。本杰明·富兰克林有句名言："唯人
与瓜难知"，我估计说的就是它。慈眉善目，大腹便
便，一副德高望重的老太爷模样。结果却黑籽白籽
不知道，红瓤白瓤不晓得，就跟某些人似的，比如王
莽。这位仁兄刚开始还不是礼贤下士，貌似忠良，直
到谋权篡位，把刘秀赶得乱窜，才露出他的黑心黑
肺黑肝肠。所以说，有些人是要剖开之后，才能露出
真相的。若不剖开，任由你亲亲热热，拍拍打打，当个
知己抱回家，也照样给当让你上。

南瓜不。

南瓜不笨也不傻，却既不爱出头，也不爱当
家——还是个傻。这样的瓜一般情况下都不知道怎么
经营自己，比如搞些宣传，来些炒作，顺便当一当随便

---

交待我喜欢南瓜的原因，却不直接
从南瓜写起，引起读者阅读兴趣。

以名人的话阐述观点，更具说服
力。

交待西瓜为何难知，运用比喻，描
写生动。

笔锋一转，写南瓜"不"。

什么品牌的形象大使，屁股后头跟一团粉丝；谈几回恋爱，出几回轨，写几本出卖隐私的书，名也有，利也有。它最大的乐趣就是蹲坐在蔓儿上，百事不管，和蝴蝶蜜蜂作伴，默默生长。

人的世界岂非瓜的世界？到处滚动着傻乎乎的北瓜，笨笨的矮冬瓜，不言不语的南瓜和一个一个的大西瓜——使巧，会耍奸，会大玩太极推手。圆润通达的身材，圆润通达的心眼，见人说人话，见鬼说鬼话，跟神仙也能坐一起亲亲热热攀亲家。颇像光彩四射的贵妃玉环，又像光溜溜的蛋——满大街走着一个个光溜溜的蛋。它的路是宽的，阳光是亮的，前景是广阔的，一路走一路被夹道欢迎着。南瓜的路就不同了：细的，窄的，荒草横生的，看上去不像有路的。

"人的世界岂非瓜的世界"，过渡自然，由瓜的世界引到人的世界，写出社会中对比最为鲜明的两类人：西瓜和南瓜。不同的瓜，也有不同的人生路。

两个朋友，一个占了西瓜之份，一个被我当成南瓜一般似不存在。西瓜朋友每日和我呼朋引伴，姐姐长妹妹短，哄着我替她分忧解难。一旦我难关当前，她躲起来不敢露面，恨不能藏到天边。南瓜朋友平时相隔遥远，一年半载也见不着一面，电话也很少打，几无音信。到我父病母老，被做房奴的日子压得喘不过气，原本没想起来要向她求助的，她却风尘仆仆赶到我面前，手里拿着存折，正告我："尽管用，用多少，支多少，支完拉倒。"

用欲扬先抑、对比的表现手法，写出西瓜朋友的表里不一，衬托出南瓜朋友的朴实、真切。

罢了，惭愧。是我这双眼睛认不清黑籽白瓤。其实南瓜一直存在，就是因为平时不起眼，所以才不怎么招人待见。更可恨的是我这个西瓜朋友走在大街上，连狗都汪汪叫，被我"哈！"一声吓跑。

我自己也一直梦想当一颗光芒四射的大西瓜，结果事与愿违，发现自己越来越变成一个不起眼的小南瓜。本来在现实世界里就孤寂荒寒，既不爱胡走乱窜，又不爱东聊西聊，既不爱加入社团，又不爱和人拉手拢肩；没想到本性延伸到网络上，照样孤寂荒寒，既不爱聊天，又不爱泡论坛，泡论坛又不爱灌水，屡次被人质疑不热爱自己的"家园"，搞得我很郁闷。

每个人都想充当那颗光彩照人的大西瓜，因为小南瓜的世界孤寂荒寒，但大西瓜又不是谁都能充当的。

直到看见童话书《当世界年纪还小的时候》里的那段话："洋葱、萝卜和西红柿不相信世界上有南瓜这种东西。它们认为那是一种空想。南瓜不说话，默默地生长着。"

> 通过引用书中的一句话，写出人们对南瓜的鄙视。

我来给它改一改："北瓜、冬瓜、西瓜不相信世界上有南瓜这种东西。它们认为那是一种空想。南瓜不说话，默默地生长着。"

这就对了。各有各的活法。说到底，是西瓜的心机好，还是南瓜的本色好？是西瓜的尊荣好，还是南瓜的平凡好，是西瓜的华丽好，还是南瓜的纯朴好？是西瓜的巧舌如簧好，还是南瓜的闷声大发财好？是西瓜整天被人吹吹拍拍好，还是南瓜的悄悄过自己的小光景好？狗有狗踪，猫有猫道，各有各好。这个世界多元化，虽然西瓜永远也做不成南瓜，南瓜这辈子也变不成西瓜，可是，只要人生乐趣所在，想做西瓜的，就做西瓜好。想做南瓜的，就做南瓜好。

> 通过对比，写出人各有各的活法，走自己的路就好。

那就这样定了：诸位都去做西瓜，我来做个悄悄生长的大南瓜。不是有句名言是这样讲的：走自己的路，让西瓜说去吧。

> 引出主旨，想做什么，就以它应有的方式生存，不要在意别人的目光。

    文章从瓜的世界引申到人的世界，瓜的世界有傻傻的矮冬瓜，木头般的北瓜，追名逐利的西瓜，纯朴的南瓜。人的世界同样有形形色色的人，有的人聪明机灵，有的人单板木讷；有的人油腔滑调，有的人心直口快，不管是哪种人都有自己的生存方式。无需羡慕他人，做好自己就好。

    不要总在别人的目光，倘若你一辈子是南瓜，那么请与蜂蝶为伴，悄悄生长，"走自己的路，让西瓜说去吧！"

曹雨佳 ◎ 评

═══ 知识链接 ═══

本杰明·富兰克林 (Benjamin Franklin) (1706—1790)——资本主义精神最完美的代表，18世纪美国最伟大的科学家和发明家，著名的政治家、外交家、哲学家、文学家和航海家，以及美国独立战争的伟大领袖。他一生最真实的写照是他自己所说过的一句话"诚实和勤勉，应该成为你永久的伴侣。"

文／瘦尽灯花

# 玫瑰和
# 匕首 微笑与毒药

三年追了两部电视剧，一部《士兵突击》，一部《我的团长我的团》（以下简称《团长》）。《士兵突击》已成历史，《团长》风头正健，然后我就知道了两个词：团迷与团黑。

所谓团迷，就是狂热追捧《团长》，好也是好，不好也是好，反正情人眼里，它就是西施了。所谓团黑，就是不分青红皂白踩《团长》，好也是不好，不好也是不好，反正仇人眼里，它就是东施了。

我是偏红方，觉得5分制的话，《士兵突击》能打4.9分，《团长》撑死能打4.5分。但是我仍旧是搁置了手边的工作，耗费了两个夜晚把它看完，然后顶着灯泡眼去上班。

《团长》主角龙文章，一个在一群被光身子穿一条中国裤衩扔进缅甸丛林，遭日本鬼子围攻的"远征军"面前，大叫"我是你们团长！"的伪团长。衣服是偷的，官衔是偷的，连名字都是偷的，一个猥琐张狂，小人得志的家伙。

他解决掉这几个小日本，带领这一帮子人，集合迷失在丛林里的中国远征军残部，要从缅甸回到中国，却在一个叫做南天门的地方遭遇日军追击。别人

---

（左侧批注）

总领全文。

运用两个俗语来分别说明"团迷"与"团黑"的定义，使其更易理解，并引出下文内容。

生动形象地写出"我"十分迷恋这部电视剧，并为"我"的观点埋下伏笔。

要逃，他一枪打掉渡江的绳索，然后率领这一千多号人转身展开激战。到最后只打剩下十来人，逃回中国。

然后被抓，受审讯，招认自己的假身份。法庭上这几个一块逃回来的生死弟兄各自力保，未果。我特别特别欣赏里面的阿译，书生一个，酸腐文弱。别的兄弟们上去不是替伪团长大叫"冤枉"，就是替伪团长鸣不平，叫嚣"满大街欠整死的货越来越多了"，只有他，上去之后说了三个字："他有罪！"

真是语惊四座。

出人意料。

然后，他一边抽抽噎噎地哭泣，一边接着说："可是，如果我三生有幸……如果我三生有幸，能犯下他犯的那些罪行，吾宁死乎。"

真是，如果能犯下他犯的那些罪行，吾宁死乎。

此后的情节不必讲，伪团座死里逃生，荣升团座，带领一帮炮灰和日军交战，也和这帮子炮灰心中只图安逸、不求上进的想法交战，和上峰不分青红皂白，不讲战略战术的盲动做法交战，他一生都在交战，直到把被日本鬼子占据的南天门打下来。电视剧到此结束。

虽然小说真正的结局是这个精如鬼魅的家伙因为不肯打内战，在被押往行刑场的途中寻机自杀，他的死忠们一个接一个自杀，但是，无论如何，他带他们找回了良心，找回了尊严，找回了一个"人"应当有的一切。

交待成为"团迷"的原因。

所以，当我明明白白看到这部剧存在着拖沓、缓慢的毛病的时候，仍旧不妨碍我对它心存敬意。因为它有"魂"，因为它值得。《士兵突击》和《团长》的导演都是康洪雷，他是想要在没有硝烟，没有战火，人人都图安逸的大环境下，拿《团长》做针，狠狠地戳我们的屁股的，因为我们大多数人都贪图安逸、不思进取、勾心斗角、天下为私。

点出"团长"的意义。

所以当我看到一群团黑们骂它，吐它口水，说它由《团长》一剧内容及别人对它的评价，来阐述自"我"的认知。

无聊、浅薄、白痴、不真实、胡编乱造的时候，我会由衷地愤怒。他们没看见这部剧背后的人在做事，本着良心做事——"出头椽子先烂"这句话永远是对的，你以为你只要自己保持低调就够了？那不行，最好是你不做事，你一做事，甭管低调高调，总有人给你唱反调。

通过议论阐述观点，紧扣文题。

我们的灵魂被叫醒不容易，于是他们投我们以玫瑰，我们却投他们以匕首；他们投我们以微笑，我们投他们以毒药。他们死了，我们就笑了。

前一阵子，我们本地报纸给我做过一期专访，无非讲怎样走上写作之路的，怎样辛苦，怎样艰难，文章里穿插着我做老师时的一些小细节。当编辑问起我有

为后文观点的阐述做论据。

过什么成绩，得过什么奖的时候，我把那些收藏的证书扒拉出来，很小心地一件件翻找然后报告。但是刊出后，居然有人专门给报社打电话，质问人家凭什么说我是"著名"的散文作家，还说某某证是假的云云。

真叫我哭笑不得。道行不够、级别不够、勇气不够、力量不够、刺痛人心的效果不够，结果连骂的人都那么少。

如果我也能像康洪雷那样，刺痛人心，入木三分，于围攻中埋首前行无怨尤，吾宁死乎。

借助剧中人物形象来升华主题。

如果我也能像戏里的龙文章那样，做一个疯疯癫癫的招魂师，犯下所有的罪却唤醒人的灵魂，吾宁死乎。

本文将深刻的道理简单化，以《士兵突击》和《团长》来对比引出《团长》中的故事以及人们对《团长》的双面评价。以一个常人的角度来分析《团长》，客观地谈出了对《团长》中人物的评价，直言那些无聊的每天只喜欢挑剔别人错误、恶意抹黑他人辛苦劳动成果的人的浅薄，强调做人要分清什么是玫瑰，什么是匕首，什么是微笑，什么是毒药。

王恩铭 ◎ 评

=== **知识链接** ===

　　新闻出版业认为"邸报"是我国最早的报纸。"邸"本来是指古代朝觐京师的官员在京的住所，早在战国时就出现了，也有人说始于西汉。颜师古说："郡国朝宿之舍，在京师者率名邸。邸，至也，言所归至也。""邸"后来作为地方高官驻京的办事机构，为传递沟通消息而设。由此而有"邸报"之称。"邸报"又称"邸抄"，另有"朝报""条报""杂报"之称，是用于通报的一种公告性新闻，专门用于朝廷传知朝政的文书和政治情报，属于新闻文抄。

### 写作技法积累

#### 比喻及其特点

　　比喻是用另一本质不同而又有相似之处的事物作比方。即两种不同性质的事物，它们之间有相似点，便用一事物来比喻另一事物。

　　比喻的特点：三要素——本体、喻体、比喻词。

　　构成比喻的条件：①甲和乙必须是本质不同的事物，否则不能构成比喻。②甲乙之间必须有相似点。

　　比喻的作用：①可以化陌生为熟悉；②可以化抽象为具体；③可以化平淡为生动形象。

　　口诀：比喻打比方，生动有活力，明喻甲像乙，暗喻甲是乙，见乙不见甲，借喻省本体，一本几喻体，人们叫博喻。

文／韶　晖

# 不和虐待钱
# 的人做朋友

开篇点题。

先生的一个朋友打电话要登门拜访，我拒绝了。先生很不高兴，说你不能这么对我的朋友，我说我不让你跟虐待钱的人做朋友。

介绍这个朋友发财前的状态，心疼老婆，舍不得花钱。

这个人十年前从单位离职下海，办了一家塑料加工厂，刚开始举步维艰，大夏天骑一辆破自行车叮嘟咣当乱闯，汗出如浆，饿了在路边买一个煎饼吃，随身带一矿泉水瓶的凉白开。那时候真恨不得一分钱掰成两半花，就这样偶尔余下三五块钱还记得给老婆带回去一个肉夹馍。

发财后的状态与发财前的状态形成鲜明对。

后来发了财，钱壮怂人胆，开始今天吆五喝六拉一帮子人吃饭，明天吆五喝六拉一帮子人唱K，夜夜笙歌买醉，就差拿钱糊房子。"钱是王八蛋，花了咱还赚"成了他奉为圭臬的至理名言——这话乍听豪爽，越想越别扭。你都把它当成王八蛋了，它怎么肯把你当人看？

通过语言描写，写出朋友发财后的炫耀。

有一次他带人到我家里炫耀："看，你嫂子的白金项链好不好看？刚买的！还有这钻戒！""很贵吧？""钱是王八蛋，花了咱还赚。是吧，老婆？"几天后我在我们居住的小区见到他真正的老婆，黄黄瘦瘦的一个人，推一辆自行车，挨家挨户找老公——孩子病了，找不见当爹的人影。结果这个人越鬼混越没心情干正事，工厂业绩一落千丈；又正赶上因为污染环境被巨额罚款，无奈倒闭，无数的钱像大风刮来一样攒聚在一起，好大一堆，看似怎么花也花不完，转眼之间又像被一场大风刮得一干二净。他又打回原形，天天骑一辆破自行车叮啷咣当乱晃。

以前还知道留钱给老婆买肉夹馍，现在有了钱，也不管老婆孩子了，背信弃义，与前文形成对比。

真是，钱招谁惹谁了？大家纷纷想它、爱它、恨它、骂它，冲它猛翻白眼、秀清高还不够，还要竭尽所能虐待它。

作者为"钱"抱不平，写出当今社会一部分人对待金钱的不屑态度。

其实这个人只不过是虐待钱的小喽啰，莎士比亚笔下那个"雅典的泰门"才是虐待钱的老祖宗。笙歌聒耳、锦绣盈眸，日日接宾待客，天天高朋满座。人家送他一匹马，他送人家一个马群……到最后钱也花光了，家业也败完了，好似食尽鸟投林，落得片白茫茫大地真干净，剩他自己数落着大骂："金子！黄黄的、发光的、宝贵的金子！……这东西，只要一点儿，就可以使黑的变成白的，丑的变成美的，错的变成对的，卑贱变成尊贵，老人变成少年，懦夫变成勇士……这该死的土块，人尽可夫的娼妇……"

用文学作品中的人物行为与现在浪费钱财的人作比较，得出了"虐待钱的人都没有好下场"的结论。

其实关钱什么事，你都把它当成王八蛋了，它肯定要把你玩成穷光蛋，所以关键要看花钱的是什么人，一定要离这些虐待钱的人远些，再远些。"蓬生麻中，不扶而直，白沙在涅，与之俱黑"，不和虐待钱的人做朋友，怕你也变成那种不懂珍惜、一味虐待钱的轻浮、浅薄、恶毒、挥霍的无德、无识、无才、无能之辈。

点明主旨"不要和虐待钱的人做朋友"，避免自己卷入这种不良风气。

人有人格，钱有钱格，它被造出来是要得到最大的尊重和最有效的使用，实现最大的价值的。

香港首富李嘉诚在街上不慎丢落2元硬币一枚，欲蹲身拾取，旁边一服务员替他拾起来，他收回这枚硬币后，给了这个人100元酬金。旁人替他不值，他解释说："这2元硬币扔了就丧失它的价值了，这100元给了服务员能得到使用。钱是来用的，不是来浪费的。"

通过李嘉诚和张祥青两位富豪的行为与朋友的行为形成鲜明对比，赞扬了两位富翁的做法，也庆幸不是所有的有钱人都在"虐待"钱财。

亿万富翁连一枚2元硬币都要尊重，这不是小气，是大度。2008年汶川大地震，天津一家钢铁集团的老总张祥青先捐款3000万元，又追加捐款7000万元，帮助灾民重建家园，给孩子们建"震不垮的学校"。他这一亿元钱的使用，不是豪奢，是尊荣。这样的人既让人尊重，也格外能讨钱的欢心。

所以，一定要和这样的人做朋友，因为能空前认识到钱的宝贵，空前认真地对待钱，爱它、重视它、珍惜它、宝贝它，让它在该使用的地方使用，该节约的地方节约，该豪爽的时候豪爽，该悭吝的时候不妨悭吝。这样它就会高兴，会舒心，会撒着欢儿、打着滚儿往你的怀里蹦。

世界繁华，用钱潇洒，如雪如纸，漫天抛洒。如今危机如狼，追扑而来，人人捂紧荷包，花钱三思再三思。若当此时，使钱褪尽浮华的光环，尽露其本真的尊严，也算不幸中的大幸。

告诉读者应合理花费，使钱得到最大的尊重，发挥最大的效用。

文章通过朋友虐待金钱的行为，阐述了对待金钱要有一种正确的态度，不能挥霍无度，更不能因为有了钱，就迷失了方向。文中还列举李嘉诚和张祥的事例，进一步阐述了花钱不能"豪奢"，而应把钱花得有意义。

钱固然是个好东西，每个人也都想方设法使自己兜里的钱多些再多些，但有些人实现了拥有足够金钱的梦想后，便开始挥霍无度，使金钱失去了它的价值。其实，金钱也需要尊重，你虐待它，它就会虐待你。所以，请尊重金钱吧，也是尊重自己。

左添丞 ◎ 评

=== **知识链接** ===

李嘉诚，汉族，现任长江实业集团有限公司董事局主席兼总经理。1928年出生于广东潮州，1940年为躲避日本侵略者的压迫，全家逃难到香港。1958年，李嘉诚开始投资地产市场。1979年，"长江"购入老牌英资商行——"和记黄埔"，李嘉诚因而成为首位收购英资商行的华人。所获荣誉：1981年获选为"香港风云人物"、1981年获委任为太平绅士、1989年获英女皇颁发的CBE勋衔、1992年被聘为港事顾问、1995—1997年任特区筹备委员会委员，被评选为1993年度香港"风云人物"、1999年亚洲首富等。

文/星 月

# 总会有爱守护

安娜出生在匈牙利一个美丽的小村庄。但纳粹的铁蹄，踩碎了这里的温馨。

3岁的时候，安娜亲眼目睹父母被杀害的过程。幼小的她并不明白，父母是犹太抵抗运动的斗士。但能从人们看她的惊惶神色中知道，要收留她，将是件多么危险的事情啊。

但是，她母亲生前的女仆希妮，用披肩裹抱着她。把她带回她的家，一处相对偏僻、安全的地方。一年后，安娜、希妮和她的丈夫、孩子在葡萄园里开心的野餐。忽然，急促的马蹄声伴随着啸叫的枪声由远而近——是一群荷枪实弹、全副武装的盖世太保。希妮迅速将安娜裹在一卷毯子中间，横放在葡萄藤下。安娜害怕的瑟瑟发抖，咬着嘴唇不让自己哭出声来。盖世太保跨过毯子，将西妮一家赶回屋里。随即，安娜听到了很大的声响。但她待在毯子里，一动不敢动。

过了很久，很久，安娜又渴又饿，猫咪一样从毯子里爬出来，走进屋子。屋子里是被洗劫后的狼藉。墙上片片，点点的殷血，像院子里树上熟透的樱桃果。希妮一家四口，血肉模糊仰卧在地板上。4岁的安娜顿时感到无边的恐惧和害怕。她知道，自己再次失去了一个温暖的怀抱、一个温馨的家。无助中，她跌跌撞撞跑进一处灌木丛。一边抽泣一边瞪着眼睛，害怕地

交待事情起因，引出下文。

为下文许多人收留安娜而被害作铺垫。表现出他们的无私、善良。

厄运将至。

动作描写，突出安娜内心的极大恐惧。

把安娜比作猫咪，生动形象地写出了安娜的娇小与无助。

用樱桃果比喻鲜血，形象地写出了血腥的场面，侧面表现出盖世太保的残忍。

看着四周，现在，再没有人保护她了。她随时可能被盖世太保抓走、杀死，又或者被灌木丛里的野兽啃啮、撕扯……

早上，希妮的姐姐来了。她在灌木丛中找到了安娜。她是一个修女。她用修女的白披肩，抱裹起满身泥巴、草屑的安娜，温柔地告诉她：这些抓人的人都不是好人，他们违背了上帝的爱，上帝会惩罚他们的。安娜开心地扬起嘴角，用胳膊搂住修女的面颊亲了一下。修女接着说，她爱她，会把她当成自己的孩子一样抚养。她给安娜洗澡，换上舒适绵软的衣裳，在她胸前挂个小小的十字架，从不让她走出修道院的门。

虽然，安娜经历了两次混乱、血腥和屠杀。但她依然快乐地成长。因为她知道，即便她是个令人殒命的祸害，人们还是非常关心她、爱她、担忧她、不怕牺牲地收留她，使她存活着。他（她）们就像希妮的那块毯子，迟早会出现在那里，保护她、陪伴她、温暖她。

安娜5岁那年，纳粹发现了她。他们野蛮地闯进修道院，把希妮的姐姐活活绞死，尸体挂在修道院的钟楼上。安娜被关进了集中营。纳粹之所以没有杀死她，是因为要用她来做一种活体实验。只是，谁也没想到，在纳粹眼皮底下，一个失去自己孩子的母亲，尽她所能做的一切保护着安娜。直到两年后，这位母亲被纳粹杀害。

战后，安娜被一对英国夫妇收养。他们给予她全部的爱，让她接受良好的教育，在最短的时间里，使得瘦小、体弱、头发稀少、饥饿的安娜，变成一个秀兰·邓波儿般可爱迷人的小姑娘。

17岁时，安娜成为很受欢迎的一流学生。后来，遇到一个心爱的男人，牵着她的手走在教堂的红地毯上……

不管世界如何混乱，总会有爱在那里，关爱你、护佑你，直到幸福彼岸。

---

动作描写，表现出安娜当时的恐惧与无助。

随时都冒着被杀死的危险，更加突出了安娜的无助与孤独。

与没有人性的纳粹形成鲜明对比，表现了希妮姐姐的善良和温柔。

运用比喻，写出了人们对安娜的关爱，表现出人们的善良，以及安娜的幸运。

表现出纳粹的残暴，没有人性，惨无人道。

表现出母性的伟大，以及这位母亲的善良、无私。

在人们的保护下，安娜终于到达了幸福的彼岸，拥有了幸福的人生。

点明主旨，画龙点睛，用"爱"结尾，温馨、幸福。

点 评

　　一条爱的主线贯穿文章始终，使文章紧紧围绕主题"总会有爱守护"层层展开，环环相扣。安娜在失去亲人并随时可能遭到杀戮的情形下，还能够健康快乐地成长，源于那些好心人的帮助，他们用心中的爱保护着安娜。

　　文中还有一条副线——盖世太保的残忍。文中多处用盖世太保的残忍来衬托那些善良的人，使两类人的不同形象跃然纸上。友爱永远都会战胜邪恶，所以，安娜获得了幸福的生活。

　　的确，只要人人都献出一点爱，只要人间有爱，每个人都能过上幸福的生活。

张月桐 ◎ 评

━━ 知识链接 ━━

　　"纳粹"的称呼来自德语的"Nazi"，是德文"Nationalsozialist"的简写。纳粹主义，是德文"Nationalsozialismus"缩写，"Nazismus"的音译，意译为"民族社会主义"，是第二次世界大战前希特勒等人提出的政治主张。纳粹主义的基本理论包括：宣扬种族优秀论，认为"优等种族"有权奴役甚至消灭"劣等种族"；强调一切领域的"领袖"原则，宣称"领袖"是国家整体意志的代表，国家权力应由其一人掌握；鼓吹社会达尔文主义，力主以战争为手段夺取生存空间，建立世界霸权；反对共产主义思想体系和社会主义制度，恶毒攻击马克思主义理论。

文／凉月满天

# 金鱼和木鱼

用幽默的语言写出了风马牛不相及的两个事物"木鱼"和"金鱼"的特点，为下文作铺垫。

木鱼是用来敲的，金鱼是用来游的。木鱼声声，金鱼听不懂它在说什么。金鱼的嘴巴里不停地吐泡泡，木鱼也觉得这家伙鼓肚皮、大眼睛、脑门长红包，样子好怪哦！

我一个妹妹，文笔好，在一家大酒店当文员，原本干得好好的，领导看她工作出色，提拔她当了大堂经理，谁知道这孩子给弄个乱七八糟，她不习惯领导人家，人家也不习惯被她领导。搞得她无比郁闷：自己明明是金鱼，却偏偏被当成木鱼来敲，底下的路该怎么走呢？

用金鱼和木鱼的特点来写人物的性格，形象生动，同时引起下文。

世界上这样的差别很多，如雨后蛤蟆，春草春花。比如同样是作家，写散文的若是金鱼，木鱼就写小说。写小说的若是金鱼，木鱼就写评论。写散文、写小说、写评论的若是金鱼，那么，木鱼就去写诗了。同样是玩文字，差别怎么就这么大呢！

世界上这样的差别很多，微露主旨，为下文写具体的差别作铺垫。

同样是用电脑，金鱼用IBM笔记本，木鱼用二手台式机。金鱼听歌、上网、打游戏，高兴得摇头摆尾，噢嘞噢嘞噢嘞……木鱼清寒孤寂，身体弓得像虾米，点灯熬油写论文，一写就是大半夜，眼睛倒是凸得像金鱼。

描绘出了两种不同的生活状态。

同样是住房，金鱼住的是豪宅，木鱼住的是筒子间。金鱼的楼梯拐角站着断臂维纳斯，扑鼻香的艺术气；木鱼的房间里，椅是残的，桌是旧的，连床都是双层的！穷气如屁，熏人一溜跟头。

同样是恋爱，为金币献身的是金鱼，为爱情献身的是木鱼。古时候木鱼多，梁祝算一个；现在金鱼倒是越来越多，到处金光闪闪的，木鱼越来越少了。

同样是做人，"俺们刚吃上细米白面了，你们又吃五谷杂粮了；俺们刚吃饱肚子了，你们又开始减肥了；俺们刚开始吃上肉了，你们又开始吃野菜了；俺们刚娶上媳妇，你们又玩独身了……"所以说乡下人是木鱼，声声敲残五更月，晨兴理荒秽，戴月荷锄归；城里人是金鱼，朝九晚五，迟眠早起，吃喝不愁还磨磨唧唧。

> 以乡下人的口吻写出了城乡生活理念的差别，生动有趣。

所以说金鱼和木鱼是东邪和西毒的关系，是江鱼和海水的关系，是红花和绿叶的关系，是针尖和麦芒的关系，你不懂我，我也不懂你。可是木鱼声声敲，金鱼游啊游，偶然也会有交汇的一刻，比如一堆朋友，呼朋引伴，今儿吃你明儿吃我，看似一群金鱼，未必没有个把木鱼混着；看似一堆木鱼，未必没有条把金鱼游着。可是时间久了，各自归位，你还是你，我还是我，英雄仍旧是本色。

> 写出"金鱼"和"木鱼"无法互相沟通理解，尽管同处一个社会，偶尔有交汇的一刻，但很快就会各自归位。

美国社会心理学家米尔格伦提出一个理论，叫"六度分割"：只要通过六个人，你就能够与任何一个陌生个体建立联系。可是这种联系不是钢缆，充其量不过一条红丝线，随时可能断掉。看过一部电影：《巴别塔》，在墨西哥的茫茫沙漠中，一对婚姻濒临崩溃的美国夫妻、一对父亲遭女儿无情敌视的日本父女，和非洲沙漠中几个家庭，不约而同陷入灾难。不过短短的十一天，好像整个世界都要天塌地陷，原因就是明明觌面相见，却彼此不能懂得。比如美国妻子意外受伤，丈夫千方百计，四方求救，却人地生疏，一个简单的情况，对着语言不通的人解释起来都如万吨轮过万重山，说不出的被动和艰难。

> 列举《巴别塔》的例子，写出了人与人之间无法沟通的困境。

其实很久以前，大家都是一样的，说一样的话，做一样的事，动一样的心思，想造一座通天塔，大家顺着塔爬到天堂去，"上帝轮流做，明年到咱家。"耶和华吃了一惊，大手一挥，把人们的口音变乱，你说东，我听西，你成了金鱼，而我，就成了木鱼。

所以我们的世界注定参差不齐，鲸鱼遨游大海，金鱼遨游鱼缸，鲫鱼生活在小河沟里，若是一只木鱼，庙里自有你的位置。有的人天生就是要从政的，有的人天生就是爱交友的，有的人天生就喜欢关在房间里写写画画，有的人对处理人际关系有异乎寻常的爱好，人的最大本事不是"到什么山上唱什么歌"，而是知道自己是什么林子，适合住什么鸟。

就像我这个妹妹，她的最大本事就是当个文员，我劝她还是退回去，那里才是她的天地。是金鱼就当一条好金鱼，是木鱼就当一只好木鱼。湖山胜境，湖高山低；云水胜景，云高水低；海纳百川，川高海低。看这个世界樱桃红，芭蕉绿，雪欺胭脂，叠翠参差，当沟堑无法抹平，只好让差别造就美丽。

通过神话故事写出了人和人之间是有差别的，为下文写如何面对人与人之间的差别作铺垫。

用鲸鱼、金鱼、鲫鱼和木鱼的不同环境，揭示文章主旨：人最大的本领就是认清自己的能力，摆正自己的位置。

深化主题，运用排比，写出差距可以造就美丽的道理，意味深长，发人深思。

文章通过两种"鱼"，写出了人与人之间的差别，并告诉读者差别可以造就美丽，每个人都可以发掘自己自身的潜能，铸就辉煌。

什么是优秀？不同的人有不同的看法，如当官发财、功成名就，乃至出将入相、流芳百世等等。但对于每一个普通的生命个体而言，所谓的优秀，就是在合适的岗位上做适合自己的事，并尽最大的努力做好。

魏一宁 ◎ 评

=== **知识链接** ===

木鱼是外形酷似鱼头形状的一种木制品，在我国很早就出现了，但是有记载的历史却比较晚。这种特殊的器物，并非只在寺庙中才能够见到。早在明清时期，木鱼就已经用于宫廷音乐、昆曲以及民间音乐的演奏。通常大木鱼用桑木或者椿木制作，最大的面径可以达到40厘米以上，发出的声音比较低。小木鱼一般用檀木或红木制作，发音较高。寺庙中使用的木鱼，大致分为两种：一种为圆形，另一种为长条形。一般来说，圆形木鱼的规格多种多样，而长条形的木鱼大多在一米左右。

文／闫荣霞

# 苗条尾巴霜

坐久了，尾骨又开始隐隐地疼，喊先生过来按摩，他发牢骚："尾巴都没了，还要尾骨干嘛！"我扑哧一笑：假如人还有尾巴，这个世界就更热闹啦。

把尾巴想象成一种工具，这也是为什么尾巴能成为相亲关键。

人最擅长的就是物尽其用，只要尾巴长在身上，准不让它闲着；男人就会用尾巴夹着公事包上下班；那些力气活，比如运煤球、扛洗衣机、搬电冰箱、新女婿给老丈人家搬冬储大白菜，就都不用手提肩扛，粗壮的尾巴一卷，就可以上楼了；新女婿上门，除了看样貌和家世，是不是英俊多金，尾巴长相好是关键。这个时候，相尾巴的书肯定应运而生，根据尾巴上的第几寸的第几根毛的长短粗细黑白软硬来判断祸福穷通；而军政要人和演艺界名流的尾巴会被拍成大幅照片，登在报纸杂志上。

开篇点题，通过对话引出"尾巴"这一主题。

关键时刻尾巴还可以打架，武林高手对阵，尾巴甩出，"啪！"胜负立分；那些武术精英和警界英雄们抓贼的时候就不用用手抓着什么东西的边壁那样辛苦，尾巴一卷，猴子一样，荡过来荡过去，围追堵截，和强盗们在大都市里上演现代版的热带雨林大追击；奥运会上一定会有尾巴的项目，比如投铁饼和标枪，旋转几圈，用尾巴"嗖"地扔出去。

照应上文"物尽其用"。

孩子们很小的时候就得上尾巴训练班，像学习跆拳道一样学习如何用尾巴保护自己和击倒别人。拔河比赛的时候都不用胳膊着力,一人一根尾巴卷住绳子,"嗨哟——嗨哟——"下课的时候闲着没事还可以用尾巴掰腕子。小姑娘的尾巴可不干这些勾当,大多会系上粉红冰蓝的蝴蝶结,细细长长的小尾巴在听课入神的时候,在耳朵旁边轻轻地一摇一晃。当妈妈的最爱听的赞美是:"唉呀,你家丫头的尾巴真漂亮!"当妈妈的得意啦,尾巴翘得高高的。

形象生动。

恋人走在路上,不用手拉手,尾牵尾就可以了;订婚的时候,不光手上要有钻戒,尾巴上也要有个钻箍;大家挤公车,不用再手臂伸得长长地抓头上高高的吊环,碰巧赶上司机犯脾气,把车开得左摇右晃,人就像装在瓶里的骰子一样乱蹦。两壁车厢不是有横档吗?尾巴一卷就行;年老力衰的人的尾巴也没力气,所以上车的时候,拜托年轻人伸出尾巴,扶,不是,拉老人家一把。

尾巴对恋人的作用。

女人的尾巴更有用,有了小孩子不用抱在怀里,尾巴一卷就可以上路了。而且,女人是武装到牙齿的物种,自然不会放弃对尾巴的美容。到时满大街都会开美尾店,染成玫瑰红,烫成大花卷,有的拉直,有的为了表示另类干脆剃光。假如你的尾巴又灵巧又秀溜,就会引来全体女人的妒羡,而且,还会有尾巴选美大赛呢!到那个时候,就不是流行超级女声了,开始流行超级女尾。

本段主要写女人之尾,也写出了爱美之心人皆有之。

而且,尾巴还有信号灯的作用。假如喜欢一个人,尾巴就发红,爱一个人,就红彤彤的了;厌恶一个人,就发出强烈的橘黄的灯光,警告他别靠近;若是很亲密的同性朋友,就会发出柔和淡绿的光芒;如果很感激你,尾巴上的光就会一闪一闪;假如两个人面和心不和,一边寒暄,尾巴虽然亲热地左摇右晃,但是颜色却始终无动于衷,你我两心存照,彼此不宣。

把尾巴想象成信号灯。

而且,更可能的是,假如谁触犯了刑法,顶厉害的惩罚就是割去尾巴,这成为一个特殊的标志,就像古时候的黥面和刺字。林冲刺配沧州,就不叫刺配了，而叫"割配"——"割尾巴发配"。一看这人身后光溜溜的，"难以为继"，人们会自动躲得远远的。为此，会出现许多造假的行业，比如给人安假尾巴，获利甚昂。甚至也有人为了美容，把自己好好的尾巴割掉，装上猴子或者狮子或者什么的尾巴，反正什么流行装什么，于是动物园成了最容易遭人浩劫的地方，尾巴成了最容易丢失的东西。也有人丧尽天良，绑架了别人，以要割掉尾巴来敲诈勒索，然后在付了赎金之后，照样全无诚信地给人把尾巴割掉，害得没了尾巴的人痛不欲生。

是啊，这个世界什么事皆有可能，到时候我就开一家美尾店，专门赚尾巴上的钱，请张柏芝款款地扶着尾巴向我们走来，问："为什么不用苗条尾巴霜？"

结尾点题，总结上文。

　　本文主写"尾巴"，以人长尾巴为假设，引出尾巴的多重用途。乍一看，写的仿佛是作者信马由缰的想象，其实不然。本文开头简短，入题迅速，简洁有力；结尾扣题，仍服务主旨。

　　文章以尾巴为线索，写出尾巴在生活、工作、交往等方面的重要性，字句朴实无华，贴近生活，让读者感同身受。而人长尾巴在现实生活中是不可能的，以不可能的角度去观察每天发生的事，表达了作者对美好生活的向往，对尚不如意的事情期望和对一小部分现象的批判。

陈泽澄 ◎ 评

### 知识链接

　　刺配是我国唐末五代以来出现的一种特殊的刑罚方法。其法可溯源到北朝的《北魏律》和《北齐律》，凡"论犯可死，原情可降"的鞭、笞各一百，并处以髡发之刑，发配边境，以为兵卒。隋唐法律确立封建五刑制度，废除了鞭、流并用的刑罚，改为流配、服役结合，凡处以流刑的，均于流放地服役一年。后唐时，对凡处以流刑的，一律附加杖刑。后晋时，又创刺面之刑，将刺配与流配结合起来，合称刺配，但是那时刺配仅为刺面与流刑两者合用。

第八辑

# 好到不讲理

我们惯于把关爱送给亲人、朋友和熟人，其实陌生人之间同样需要爱的传递。人与人之间的互助、互敬与互爱，将促进一种良好的社会风尚，而受益者也包括自己，因为我们都是陌生人。

文／于德北

# 一举手一投足的距离

我坚信，这世界上，人与人之间一举手、一投足都是有距离的。这种距离无论表现在性格上、修养上、学识上还是言谈上，都会真实无误地反映在他的为人处事上。处世哲学不是虚伪，不是装腔作势，它是一种积极的生活态度，是度量生命含金量的一把标尺。

基恩是美国著名的心理医生，他永远忘不了童年的一个场景。基恩是个黑人孩子，曾一度在美国受到严重的歧视。这一天，几个白人孩子在公园门口玩，恰遇一位卖气球的老人推着货车兜售气球。白人孩子见了，欢叫着跑过去，争抢着买了自己喜欢的气球，快乐地在草地边放飞。

而基恩躲在角落里，孤独地看着这一切。

白人孩子的身影消失后，他才胆怯地走出来，慢吞吞地来到老人面前。

"你要什么？我的孩子。"老人和蔼地问。

"我，"基恩犹豫着，说，"我想买一个气球。"

"好啊！"老人用慈爱的目光注视他，"请问，你要一个什么颜色的气球呢？"

基恩仿佛受到了鼓励，大声说，"黑色的。"

老人笑了，把一个黑色的气球递给他。

基恩开心极了，他接过气球，像白人孩子一样跑到草地边，双手一扬，把气球送上了蓝天。

开篇点题。

写出处事哲学的重要性。

白人孩子的行为与基恩的行为形成鲜明对比。

用动词"躲"写出基恩当时的恐惧心理。

黑色也是对基恩备受冷落的一种衬托。

那一刻，他的心里充满了无法言说的幸福。

这时候，老人走过来，轻轻拍了一下他的脑袋，说："孩子，我一直注意你呢，记住，气球能不能升起，靠的不是颜色和形状，而是它肚子的'气'。一个人的成败不是因为他的种族和出身，而是勤奋、勇气和自信。"

通过老人对基恩的告诫阐明道理。

一瞬间，基恩仿佛长大了许多！

我们不难体会一个孩子的内心，老人"一举手的距离"，像火柴一样点亮了他的人生。基恩后来的选择和这次经历不无关联。他用自己的智慧和耐力，引导着许多人重新回到了生活的正常轨迹上。

老人影响了基恩，基恩又去影响其他人，这就是一举手，一投足的距离。

贝利小的时候就十分喜欢足球，但他家境贫困，父母无力为他买一个真正的足球，所以，他用来练脚的东西五花八门，塑料盒、汽水瓶、铁皮罐、椰子壳，他每天"球"不离脚，稍稍有一点闲暇，他的"球"就会飞向设想中的千奇百怪的大门。

偶尔的一天，一位足球教练从他家门前经过，发现贝利的脚法很像那么回事儿，在了解了他的心愿和家庭情况后，慷慨地送给他一个足球。贝利如获至宝，脚下的动作更加带劲儿了。不久，他便能把足球准确无误地吊入远处随意摆放的水桶里。

球技之高，为下文埋下伏笔。

圣诞节到了，妈妈对他说："孩子，我们买不起圣诞礼物送给我们的恩人，就让我们真心地为恩人祈祷吧。"

贝利跟着妈妈祷告完毕，拿起一把铲子就往外跑，他来到足球教练家的花圃里，卖力地挖起土来。教练推门出来，奇怪的问他在干什么，贝利说："圣诞节到了，我没有礼物送给您，我愿为您的圣诞树挖一个树坑。"

语言简短朴实，却能温暖人心。

看着一脸汗水的贝利，教练十分感动，他拉住贝利的手说："孩子，我已经得到了今年最好的圣诞礼物，谢谢你！从明天起，你就去我的训练场吧，到那里尽情地发挥你的才能，实现你的梦想吧。"

1958年，第六届世界杯足球赛上，贝利独进二十一球，为巴西第一次捧回金杯。天才之路都是用爱和温暖铺就的——教练"一投足的距离"，比任何礼物对贝利都有更多的现实意义。

用贝利的成功点明主旨。

　　生活中，不经意的一个举动都会给他人带去温暖，带去力量。一举手一投足，我们不会失去什么，却可以帮助他人，何乐而不为呢？微尘一样的关爱，很渺小却也不凡，不要等待了，赶快用自己的举手投足去关爱他人吧！

　　关爱，有时是一双搀扶的手。遇到步履蹒跚的残疾人，我们可以伸出双手来扶着他过马路，这对于我们不过是很小的事，可是却能给残疾人带来很大的方便。

　　关爱，有时只是一枚带着体温的硬币。当我们走在大街上，看见衣衫破旧的乞丐，我们能为他们做点什么呢？

　　我们可以从兜里掏出一枚硬币，对于我们来说，一枚硬币算不了什么，可是对于乞丐来说却意义重大，可以让他们吃上一顿饱饭。

　　"赠人玫瑰，手有余香。"当我们关爱别人时，内心也会充满快乐。

高铭远 ◎ 评

**知识链接**

　　贝利是20世纪最伟大的足球明星之一，他功勋卓著，成就非凡，一直成为后人追寻的榜样。

　　在其长达22年的职业足球生涯中，共参赛1364场，射入1282球，他赢得过世界杯冠军、洲际俱乐部杯赛冠军、南美解放者标赛冠军，几乎赢得了国际足坛上一切成就，被人们誉为"一代球王"。

　　贝利出生在巴西的特雷斯科拉索内斯镇的一个贫穷家庭，小时只能赤脚踢球。13岁时，开始代表当地的包鲁俱乐部少年队踢球，使该队连续三年获包鲁市冠军。

　　1956年，著名的桑托斯队邀其入队，头一年，即攻入32个球，成为该队最年轻的射手。

　　1957年，未满17岁的贝利首次入选国家队，并首次参加世界杯赛，他以惊人的技巧驰骋赛场，使足坛惊呼："巴西出现了一位神童！"在这位神童的激励下，巴西队愈战愈勇，一一击溃强劲对手，第一次为祖国捧回了世界杯。

　　此后，在贝利统领下，巴西队又夺得1962年第7届和1970年第9届世界杯赛冠军，贝利本人也成为至今世界上唯一一位夺得过三届世界杯冠军的球员。

　　1977年10月1日，美国宇宙队为球王举行了盛大告别赛，赛后，贝利在队友和观众的欢呼声中挥泪离场，结束了非凡的绿茵生涯。后于1995年至1998年间任巴西体育部长。2000年贝利被国际足联评为"世纪球员"，2004年又被授予"国际足联百年球员奖"。

文/榕 桦

# 不要迁怒于人

在我刚上初中一年级的时候，某个星期一的早晨对我来说简直是糟透了——由于这天学校里举办运动会，我一大早起来就穿上前一天刚买的运动鞋，谁知，试着正好，真的穿上走起路来就感觉太瘦小了。走到学校时，脚趾已被拘得疼痛难忍。

这还不算，就在我倚着教室门前的一棵树，扒下鞋子用手往里摸时，树上的一只鸟竟把一泡稀屎拉在我的头上。我恨恨地用石块去打击它，又闪了自己的胳膊。

我哀声叹气地走进教室，刚坐在自己的座位上，把身子往后边的课桌上一躺，非常气馁地把腿脚往前一伸，前位的一个女生一动凳子，凳子腿就压在我的一只脚上。气正不打一处来的我"哎呀"一声，便拍案而起，朝着正起身说对不起的那位女生大发雷霆、脏话连篇（其实，能怪她吗）。就连闻声过来劝我的其他同学，也被我大骂一通。

待我连蹦带跳地发完火，那个无意间压了我的脚的女同学还不知所措地窘窘地愣在那里。就在我终于冷静下来，走到她跟前非常抱歉地安慰她时，她那双惊悸的大眼睛里才慢慢地溢满泪水……

作为班级干部的我，受到老师的批评是免不了的。因此影响了班级的比赛成绩也令我的心情异常沉

开篇点题，从鞋小这件倒霉事开始，接着有鸟将稀屎拉在"我"头上，用石子打它却又闪了胳膊。这些故事为下文自己发脾气埋伏笔。

到班级后，"我"刚一坐下，腿被前面女生的凳子压了一下，便对人发起了火，而冷静下来，又想到了此事后果，由此自然地引出了张振玲写的小故事。

通过行为，写出女孩心里的委屈。

重。而常常后悔、常常自责、常常让我深感内疚的是，不该那样暴躁、那么非理地无故伤害一个温柔娴静的女同学。直到如今，她那委屈、窘然、不解的眼神和悠悠的泪痕，还常常映现在我的眼底心底。

后来，当我读到张振玲写的一个相关内容的小故事时，对发脾气、对迁怒于人便有了更深刻的体会和警醒。那则小故事讲道：

从前，有个脾气很坏的小男孩。一天，他的父亲给了他一大包钉子，要求他每发一次脾气都必须用铁锤在他家后院的栅栏上钉一颗钉子。第一天，小男孩共在栅栏上钉了37颗钉子。过了几个星期，由于学会了控制自己的愤怒，小男孩每天在栅栏上钉钉子的数目逐渐减少。他发现控制自己的坏脾气比往栅栏上钉钉子要容易多了……最后，小男孩变得不爱发脾气了。

他把自己的转变告诉了父亲。他父亲又建议说："如果你坚持一整天不发脾气，就从栅栏上拔下一颗钉子。"经过一段时间，小男孩终于把栅栏上所有的钉子都拔掉了。父亲拉着他的手来到栅栏边，对小男孩说："儿子，你做得很好，但是，你看一看那些钉子在栅栏上留下的那么多小孔，栅栏再也不会是原来的样子了。当你向别人发脾气之后，你的言语就像这些钉孔一样，会在人们的心灵中留下疤痕。你这样做就好比用刀子刺向了某人的身体，然后再拔出来。无论你说多少次对不起，那伤口都会永远存在。其实，口头上对人们造成的伤害与伤害人们的肉体没什么两样。"

但愿我的那位女同学，通过这篇文章看到我的忏悔，原谅我的过失。但愿所有爱发脾气的同学和朋友，尽快改掉各自的坏毛病。

小男孩脾气很坏，所以父亲让他钉钉子，让他学会控制自己的坏脾气。等到他能克制住自己的坏脾气时，父亲又让他拔出钉子，以便向儿子阐明道理。

当你用话语伤害别人时，不管日后怎样去挽回，都不能抚平对方心灵上的伤痛。

点明主旨。

点评

　　作者通过一天内发生的倒霉事，写出对别人发脾气会给人留下很坏的印象。又通过举例：当生气时，钉钉子，不生气时拔钉子，但钉子没有了，钉子孔却还在。说明当我们伤害别人时，会给人留下心灵上的创伤，不管日后怎样弥补，都已无法挽回，因为伤口还在。

　　的确，不要轻易伤害我们的身边的人。伤害别人，也是在伤害我们自己。

陈冠铭 ◎ 评

**知识链接**

　　栅栏在我们的生产和生活中应用十分广泛，有花园栅栏、公路栅栏、市政栅栏等等。目前，在很多城市流行私家别墅和庭院栅栏，多以木制板材为主。由栅栏板、横带板、栅栏柱三部分组成。一般高度在0.5～2米之间。造型各异，一般以装饰、简易防护为主要安装目的，在欧美十分流行。

文／顾晓蕊

# 关爱陌生人

　　朋友聚会，席间，他讲起一件往事。他乘中巴车回家过年，雪纷纷扬扬地下着，道路变得湿滑难行。行至中途，雪越下越大，凛冽的寒风夹杂着雪花敲打着车窗，他心里有些隐隐的担扰。意外还是发生了，车沿着山路下坡时，翻到路边的深沟里。

　　他感到天旋地转，稍后，知道发生了车祸。他觉得头痛欲裂，听见周遭尖叫声、哭喊声响成一片。有人高声喊道："已打电话求救了，大家坚持一会儿。"他巡视四周，见离他半米远处，年轻的女孩呼吸紧促，脸色蜡白如纸。他忍着疼痛把她拉出车外，说："医护人员很快就到……"

　　风裹着雪，一阵阵迎面扑来，仿佛天上的云彩被撕成了碎片。女孩冻得缩成一团，他脱下棉衣，裹到她的身上。他冷得浑身打颤，断断续续地说："快到了，再等等。"大约一个小时后，医护人员来到事故现场，他已冻成了"冰人"。随后，两人被送往医院救治。

　　听到这里，同事辉好奇心顿起，追问："那位姑娘是谁？同乡，还是女友？"我们以为凡事有因才有果，目光齐刷刷地转向他。他憨厚地笑了，说："我与她并不相识，只是恰巧遇上了，但愿她现在一切都好。"原来，这份小小的义举，只是出自善良的本能。

　　还有一次，一位朋友讲起他旅游时的一段经历。

景物描写渲染了一种凄凉的气氛，为下文车祸的发生作铺垫。

场面描写说明车祸的严重、惨烈。
外貌描写写出了女孩当时危急的状况和状态。

运用比喻，使气氛变得更悲凉。

微露主旨，交待回忆的事件的结果。这从侧面也反映出了"我们"大众的冷漠。

运用了插叙，与下文"两人谈文学，聊得十分投机"相照应。

那年他到黄山旅游，参加当地的旅行社，队员是来自全国各地的散客。有位老者登山时扭伤了脚，辉主动提出帮他背行李，老人爽快地把背包交给辉。辉轻轻地搀扶着老人，跟随团队往前走。

交待老人身份。

闲谈中得知，老人是位颇有名气的作家，而辉是位文学爱好者。这一路上，两人谈文学、谈写作，聊得十分投机。辉说："我提出帮他背包时，他那么信任地把包交给我，还跟我谈了许多创作心得，让我受益匪浅。"当我们付出善意时，往往也被善良感动着。

照应上文"原来，这份小小的义举，只是出自善良的本能"。

这让我想起了一位博友——林林，他毕业于某名牌大学，"80后"青年才俊。大学毕业后，他放弃了许多好的就业机会，投身于民间慈善事业。他与社友一起组办慈善募捐活动，踏着泥泞的山路帮扶贫困家庭，向山区的孩子捐衣赠书。

面对一双双充满期盼的眼神，他经常掏空身上所有的钱。为了维持日常的开支，他甚至还打了两份零工。这种拮据的状况，他坚持了三年。后来，他将自己化作一粒种子，落到贫瘠的土地上，成为了一名乡村教师。

通过生活状况，写出投身慈善事业的艰辛。

他的博客点击率很高，有赞同、喝彩，也有不解与嘲讽。有位文友留言：以你的学识和能力，应当有更好的发展，你不觉得耽误前程吗？还是仅仅为了虚名。面对别人的质疑，他引用海子的诗作答——春天啊，春天是我的品质。

象征手法，给人以希望。

我一下子被这句话击中，心里涌起阵阵热浪。记得看过这样一句话：同样是人心，有的能装下大海，有的只能装下一己悲欢。只有那些内心充满仁爱的人，才能坦然而自信地宣称：春天是我的品质。

我们惯于把关爱送给亲人、朋友和熟人，其实，陌生人之间同样需要爱的传递。人与人之间的互助、互敬与互爱，将促进一种良好的社会风尚，而受益者也包括自己，因为我们都是陌生人。

点明主旨，升华主题。不仅要关心亲人、朋友，也要关心陌生人。

本文通过三个事例：其一是年轻的女孩出车祸，大家奋力救援，将其送往医院；其二是辉登山的经历，老人信任辉并将包交给他；其三是作者想起林林总总地帮助贫困学生的事情。作者通过这些事例来阐明观点：我们应当信任陌生人、帮助陌生人，这样我就会为善良所感动。只要我们有着春天一样的品质，将爱互相传递，就会形成相互关爱的良好社会风气。

　　文章虽无华丽辞藻，经典语句，但文风淳朴，立意深刻，主旨独特，观点鲜明，以小见大，值得品味。

王嘉泽 ◎ 评

**知识链接**

　　慈善组织，或称公益组织，是非营利组织。任何人士捐款给法定认可的慈善组织，可以获得有关的扣税优惠；而任何人士捐款给没有慈善组织资格的非营利组织，该笔捐款不能申请用作相对的扣税。现时全球的慈善组织的筹款方式出现了一种有效的"月捐运动"（DDC-Direct Dialogue Campaign）。

文／马国福

# 记住别人的名字

通过心理描写和动作描写，生动形象地写出了食客的紧张心情。

"顿时……荣耀"写出饭桌上的人都爱慕虚荣，趋炎附势。

写"我"认识某些人，来衬托不认识市长，显得有些格格不入，但"我"却不在乎。

"我"所关注的人与他们所关注的人形成鲜明对比。突出他们的势利、攀附权力。体现出"我"的清廉、不慕名利。

由一个门卫，引出名字。

在一个饭局上，一个食客说，他曾经和市长吃过一次饭，而且握过手，当时紧紧地握住市长的手，手心都出汗了，紧张又激动，心狂跳不止几乎要迸出胸腔了。顿时，饭桌上的人羡慕不已，一个劲儿地夸他荣耀。我问他：市长记得你叫什么名字吗？他不太自信地说："应该记得吧。"

我说：我不认识市长，市长离我太遥远了。我和我们楼下卖烧饼的、修自行车的、送纯净水的很熟，我记得他们的名字，他们也记得我的名字。每天上下班见了面，彼此热乎乎地叫着名字打招呼问好。

在座的各位有些不屑一顾，说：这有什么好记的？

我知道，我的话有点逆耳，让他们听了不舒服。在他们眼里，我所关注的人，像一粒沙，根本无关紧要。世俗的标准已经在他们眼里打上了标签，很显然，对他们而言，精英的名字才是值得记住的。

曾经，刚到新单位，有一天门卫收发报纸的一个小伙子来送信件。他出门后，我问同事，他叫什么名字？同事有些惊讶，说：问这干啥？我也不知道。他这么胖，就叫胖子好了。

我一怔，同事工作了很多年，竟然不知道给他送了多年报纸的门卫的名字。

说来很惭愧，我记性不好，也经常记不住人的名字。有一天下午，天突然下大雨，下班后，我没有雨具，站在单位大门口张望，犹豫着打的还是等雨停后再回家。

门卫看到了我，他叫我名字，说：我这里有雨衣，你带回家吧。我晚上值班不要雨衣。让我窘迫的是，我叫不出他的名字，叫了他一声"胖子"表示感谢。他似乎看穿了我的心思，热情地自报姓名。我穿上他的雨衣，准备回家，他说："你来了几天，我就记住了你的名字，你经常收到报刊、信件、稿费，真不错。"我故作谦虚地说："哪里哪里，写着玩呢。"

> "我"不知道门卫的名字，门卫却能记得我的名字，形成对比。

末了，他有点不好意思，似乎欲言又止。我问："你还有什么事吗？"他回答说："请你以后不要叫我胖子好吗？叫我小×，或者直接叫我的名字好了。"我的脸红了。

> 每个人都渴望得到尊重，希望别人能记住自己的名字。

机关里有几个勤杂工，每天上班比别人早，等我们上班后，她们已经将楼梯、垃圾桶收拾得干干净净。机关里上班的人不论年龄大小，平时遇到她们叫小刘、小李、小赵。我估计知道她们名字的人不会超过一半。她们的名字被自己简称的姓氏代替。我曾仔细留意过，她们每天分两三次更换机关卫生间里的手纸、洗手液、垃圾桶。这让我很感动。可一想到有很多人不知道她们的名字，这多少让我有些悲凉。

> 写出勤杂工的尽职尽责，爱岗敬业，却很少有人记得他们的名字。

在一个单位，很多人把领导的家属、朋友的名字烂熟于心，就是记不住一个默默在背后为他们服务的普通人员的名字。我深深地思考过这个问题，这不仅仅是简单的尊重不尊重的问题，而是一种文化现象。

> 能记住领导家属朋友的名字，却记不得一个普通人的名字，形成对比。

如果说人的姓名是一顶帽子，那么他的尊严、人格首先由他的姓名所凝聚。记住一个人的姓名很容易，只是我们不屑于记住或者不愿意记住。原因很简单，在这个普遍功利的时代，对我们而言，与自己最密切的人往往是与我们有利益关系的人。我们习惯于眼睛向上，脑袋向上，是因为奴性的思想已很微妙地

> 交待"我们"记不住别人名字的原因。

渗透到我们心灵的每个角落。上望，我们才有可能分到一杯功利的羹，沾到一点权势的光，靠到精英的一点边。似乎我们或多或少与"上"、与"精英"有关了，我们自身才有了被他人"上看"的砝码和分量。这实在是荒谬、幼稚。

不错，这个一天天美好起来的世界，很大程度上由一些精英所驾驭左右。他们的名字被大众牢记在心，仰望、崇拜、追随。可我看到的现实是，有许多人连给自己送水、送报、送菜等从事所谓"底层"工作的人的名字都记不住，不屑于放心上。这真是一种病态的价值趋向。说重一点，这是功利人格的沦落；说轻一点，这是个人素养的霉斑。

*揭示记不住人名字的本质。*

记住并念出一个人的名字，不仅仅是嘴里无足轻重的一口气，而是一种发自内心的尊重，一种平等人格的风度。就像洒香水，你自己身上洒上一点，不经意间和别人擦肩而过，他们的身上也会沾上一点。

*点明主旨，记住别人名字是一种尊重。*

我想说的是，那些微尘一样默默在我们身后或者不远处低头、弯腰、屈膝忙碌的身影，被我们忽略名字的人，是一把丈量活在这个尘世众生人格高度的卷尺，也是揣摩这个时代世态炎凉的温度计。

本文写了三件小事，通过心理描写和细节描写，揭示了一种社会现象："人们能记得领导亲戚的名字，却记不得一个普通人的名字。"这不但是一种对人的不尊重，更是一种社会诟病，值得人反思。

李艾凝 ◎ 评

━━━ **知识链接** ━━━

　　据说上古时期，婴儿在出生三个月的时候由父亲给命名，这就是古人"名"的由来。其实在我国民间，部分地区至今仍保留着婴儿满月时才命名的习俗，不过是命名的权力不再由父亲一人担当，而是由婴儿的亲人共同担当。有趣的是，在古代，男孩子长到20岁的时候要举行"结发加冠"之礼，以示成人，这时就要取字。而女孩子在15岁时要举行"结发加　"之礼以示可以嫁人了，这时也要取字。

文／黄毛子

# 好到不讲理

我们楼下有老哥俩，一个叫老张，一个叫老王，两个人年岁相当，都曾在一个单位上班，又都一起退休。据说两个人的关系非常好，好到吃喝不分，花钱不计较。可我却看不出来，因为两个人见面就掐，急了还会动手。

老张和老王都有遛早儿的习惯，每天早晨，老张从西往东遛，老王从东往西遛，两个总会准时地在我家楼下的小凉亭碰面。碰面的开场白是："嘿，你这老白毛还没死呢？""你这老梆子不死我能死吗？""你不死行，吃完早点上这等着我来，我非杀你一个屁滚尿流不可！""等就等，谁怕谁呀？"于是，两个人吃过早点便拿着象棋到凉亭里聚齐，一杀就是一上午。

有时候，两个人会因为下棋打起来。有一次打得最凶，老张把老王的脑袋都打破了。打架的起因是，老张吃了老王一个车，老王不干，非要悔棋不可，老张死活不让老王悔棋，还把吃掉的车死死地抓在手里，老王急了，一抖手就掀了棋盘，棋子滚了一地，老张一看，当时就瞪起了眼："好啊你，敢掀我的棋，把棋盘摆好，棋子码到原位去！"老王也瞪起了眼："我就不给你码，你能怎么着？"老张一把揪住了老王的脖领子："你不给码我就揍你！"就这样，俩老头就扭打了起来，情急之下，老张抓起地上的一块砖头，把老王脑袋打破了。

开篇交待两人的关系，又设置悬念，引起读者阅读兴趣。

通过风趣幽默的语言描写，生动形象地写出了两人的朋友关系很特别。

动作描写，写出老王很气愤。

两人互不相让。

体现了不讲理。

从那以后，老王就再没有出门，老张也没有到老
王家去看他。只是在每天遛早儿的时候，不住地往老
王家张望，自言自语地说："这老白毛，就那么一点儿
伤，怎么还不好啊？"然后就坐在凉亭里发呆，一坐
就是半天，谁跟他说话他也不理。

通过神态描写和语言描写，写出了
老张对老王的牵挂。

突然有一天，老王家里传来了撕心裂腹的哭声。
老王去世了，不是因为脑袋上的那点伤儿，而是心脏
病突发。后来，我听老王的儿子对我说，自打老王被
老张打了以后，他们一家人就限制了老王的自由，说
老张那么不讲理，还理他干什么？以后不跟他下棋了。
孩子们看得紧，老王下不了楼，就每天站在阳台上向
下张望，见老张从楼下经过，就自言自语说一句："这
老梆子还活着呢，行。"也许是太郁闷的缘故，老王憋
在家里总是坐立不安，终于有一天歪倒在沙发上再也
没有站起来。

交待老王的死因和他一直没下楼的
原因。

老王并没有把打架的事情放在心
上，也没有怪罪老张，体现出老王和老
张的关系非常好。

听到老王的死讯，老张眼里顿时流露出一种失
落，一夜之间，他那原本花白的头发全都白了。每天早
上，老张总是拿着象棋到凉亭去，摆好棋子，然后自己
跟自己下，一边下一边说："老家伙，该你了，这回我不
吃你的车，让你吃我的行吗？"一边说，一边掉眼泪：
"真没想到，你这家伙老了老了，变得小心眼了，咱俩
打了多少年了？谁计较过谁？这次你怎么就记恨我了
呢？要知道这样，我就不拿砖头拍你了，你这一走，以
后谁跟我下棋，谁跟我打架呀？"

通过神态描写和行为描写，写出老
张听到老王的死讯很悲伤，自责后悔，
更加怀念和老王在一起的时光。

一个月之后，老张也去了，死因是急性脑出血，临
死的时候，老张手里还抓着一颗棋子，就是他当初吃
掉的老王的车。

老张死之前还握着自己当初吃掉老
王的一颗棋子，表现了老张的自责，以及
心中对老王的思念。

两个老人的相继去世，曾经在我心里有过不小的
震撼。从他们身上，我明白了什么才是真正的朋友。朋
友就是两个人要好，好到不讲理是最高的境界。两个
人打打骂骂，甚至拳脚相加，但过后谁都不记恨谁，
心里仍然互相牵挂着。这种好，已不再流于形式，而是
深入了骨髓。

点明主旨，升华主题。写出什么才是
"真正的朋友"。

**点 评**

　　文中介绍了两个非常特别的朋友,好到不讲理,却从不计较,最后相继离世,让我们为之感动,也让我们感受到了什么才是真正的朋友。

　　真正的朋友,无所谓结果,只在意曾经;真正的朋友,拳脚相加,但谁都不记恨谁;真正的朋友,是一份牵挂,一份期待;真正的朋友,也许是一缕熟悉的文字,一句浅浅的问候,一个简单的符号。

王贺晨 ◎ 评

**知识链接**

　　象棋,又称中国象棋 (英文现译作Xiangqi)。在中国有着悠久的历史,属于二人对抗性游戏的一种,由于用具简单,趣味性强,成为流行极为广泛的棋艺活动。中国象棋是我国正式开展的78个体育运动项目之一,为促进该项目在世界范围内的普及和推广,现将"中国象棋"项目名称更改为"象棋"。

文/李雪峰

# 尊严是一笔财富

日本著名的西武集团公司，一直是日本企业界长胜不衰的著名典范。西武集团近百年来都保持着一个别出心裁的传统习惯，那就是公司每吸纳一批年轻的新职员，公司都要为他们举行一个"擦皮鞋"入社仪式。

每当举行"擦皮鞋"仪式时，公司德高望重的董事长都要招集齐西武集团旗下85个分公司的全部经理和老资格的所有高级职员们。在入社仪式上，给他们每人发一把鞋刷和一瓶鞋油。仪式开始时，由董事长亲自带头，所有的经理和高级职员们弯下腰去，蹲在地上为每一位新职员认认真真擦皮鞋。给新职员们擦亮皮鞋后，董事长、经理和那些老资格的高级职员们，在征询那些新职员满意后，把鞋刷、鞋油都郑重地交给那些新职员们，然后由新职员们弯下腰去——为董事长、经理和老资格的高级职员们擦皮鞋，如果谁有一丝没擦到的地方，这些经理和高级职员便会立刻提出来，督促这位新职员为自己认真擦净。

社会和日本的许多株式会社曾对西武集团的这种怪诞新职员入社仪式冷嘲热讽，说身为董事长、经理和公司的老资格高级职员，反倒要弯下腰去为那些乳臭未干的新职员们擦皮鞋，是十分有失尊严的行为。也有人说这些刚要参加工作的新职员，刚接触工

引出下文，为何要举行"擦皮鞋"仪式。

写出西武集团公司的独到之处：人人都是平等的。

他们相互弯腰给对方擦皮鞋，象征着在尊严面前人人平等。

作，就是给上司们擦皮鞋，是一种有失自己人格尊严的做法。甚至有人讥讽说："为给新职员们擦一次皮鞋，西武公司把经理和高级职员们招回公司来，付出一大笔价值不菲的车船费，十分地得不偿失，是一种愚蠢透顶的仪式。但西武集团公司却不这么看，他们认为"擦皮鞋"入社仪式是十分必要的，公司董事长说："让新职员给经理和老资格的高级职员们擦一次皮鞋，能使这些经理和高级职员们明白，自己的尊严和人格是来自自己下属的职员们的，使他能够善待自己的每一位下属。让经理和高级职员们为新职员们擦一次皮鞋，能够使这些新职员们知道，在西武公司，他们自己是有人格和尊严的，他们的人格尊严是来自于勤勉工作，不辜负自己公司和上级对自己的工作厚望。"

的确，近百年来，在西武公司的全部发展过程中，没有一个职员跳槽离公司而去的，也没有一个人才因为猎头公司许诺给优厚薪金而背弃西武公司的。西武公司内部上下级关系融洽，新老职员团结、勤勉，公司业务一直长盛不衰，呈蒸蒸日上的趋势，是许多有才华的青年人趋之若鹜的首选工作公司。许多人在回答为什么首选西武公司时都回答说："生活和工作并不仅仅是为了追求优厚的薪金，而是为了自己的人格和尊严。"

西武集团公司的董事长微笑着说："而我们做到的不过是让每一个人都看到自己的人格和尊严是从哪里挣来的。"

"擦皮鞋"仪式，是西武公司将追求人格和尊严转化成勤勉工作的动力的转化器，也是西武集团公司久盛不衰的传统法宝。

写出外界对西武公司"擦皮鞋"仪式的冷嘲热讽。

写出擦皮鞋仪式的价值所在。

通过西武公司的发展，写出"擦皮鞋"仪式的重要作用。

点明中心，尊严是自己挣来的，而不是别人给的！

文章语言朴实无华，用简单的叙述手法将一个深刻的道理——尊严是一笔财富，但只能自己争取——摆在了读者眼前，发人深省。

　　尊严，如人的脊梁，可以使人昂首挺立，也可以使人颔首弓腰。一个人若没有了尊严，就像是身体没有了脊梁，就算是一个人，却没有立身做人的骨气。

赵伯颜 ◎ 评

---

### 知识链接

　　"株式会社"即日本的股份公司。日本叫股份为株，如一股，日本叫做"一株"。几个股东凑起钱办公司，就叫有限公司，日本叫"株式会社"。日本现在有很多学者写了《和拢经营革命》《和拢经营哲学》等书。"和"即和谐，"拢"即靠拢，就是说：一个工厂、企业的内部，要凝聚在一起，大家紧密地连结成一体。整个公司好比一部机器，每一个人便是其中的一颗螺丝钉，缺少任何一个，机器便要发生故障。在作出重大决策时，要经多层次的研究，以及全体成员共同讨论，然后才集中，尽量避免上下、左右之间的对抗而消耗自己的力量。

文 / 马敬福

# 拒收的快件

开门见山，直接交待故事发生的背景。

　　小王刚到快递公司上班，经理就安排他送加急快件。那是一个小包裹，分量很轻，客户要求必须上午十点之前送到收件人手中。

　　小王九点钟赶到了收件人张小姐的住处，敲开门，小王递过投递单让张小姐签收。张小姐签了字，一看包裹上寄件人的名字，立刻美目圆睁："这个混蛋，还给我寄东西干什么？"说着，一甩手把包裹从窗子扔了出去。

"一甩手把包裹从窗子扔了出去"说明张小姐不在乎这个礼物了。

体现出小王很敬业。

　　小王出了楼门，刚要骑车走，发现那个包裹躺在楼下的草丛里，便拣起来，又上楼敲开了张小姐房门："小姐，你的包裹。"张小姐一愣："我还有包裹？"小王说："没了，这是你刚才扔掉的那个。"张小姐"咣"地关上门，顺便甩了一句："我不要了！"小王摇摇头，拿着包裹下了楼。

埋下伏笔。

　　三天之后，张小姐接到了男朋友的电话。那个包裹就是她男朋友寄给她的，因为她刚和男朋友吵过架，男朋友为了讨好她，特意给她寄来了包裹。男朋友说："那天是你的生日，我送你的生日礼物你还满意吧？"张小姐仍然生男朋友的气："谁要你的礼物，我把它扔了！"男朋友顿时大叫："什么？你把它扔了？那价值二十多万的蓝宝石戒指啊！"

事情出现了戏剧性的变化，与上文包裹很轻，形成对比。

　　张小姐马上赶到快递公司，想找小王打探包裹的下落。经理说，小王给张小姐送完快件，就打电话请假回老家四川了，他母亲突然病重。张小姐的心一下子就凉了，甭问了，小王母亲病重是假，拿着蓝宝石戒指跑了是真。张小姐问清小王老家地址，和男朋友连夜就坐上了去四川的火车，他们怕去晚了小王把戒指卖掉。

张小姐一听说小王母亲突然病重，就断定这是假的，拿着蓝宝石戒指跑了才是真的，作者把这种不信任表现得淋漓尽致。

三天之后，张小姐和男朋友来到了小王家中。那是几间破旧的房子，小王站在院中，正和一个人商量价钱。他母亲真的重病住院了，没钱交医药费，小王只能卖房。一见张小姐和男朋友来了，小王让买房人先等一下，从屋里拿出了那个包裹，说："这个包裹张小姐说不要了，但我没扔，我虽然只在快递公司上一天班，但也学了快递公司诚信制度，客户的邮件必须要保管好，如果收件人拒收，必须退还寄件人，因为母亲病得急，我没来得及把包裹交给公司，你们既然来了，就交给你们吧。"

小王见到张小姐和他男朋友就先去拿包裹，而包裹里的东西原封不动，与上文张小姐怀疑形成对比。

张小姐男朋友迫不及待地打开包裹，里面的蓝宝石戒指原封未动。这时，小王已经和买房人谈好了价钱，准备写协议收钱交房了。张小姐男朋友把小王拉到一边："兄弟，你把房卖了，以后你母亲住哪儿？"小王叹口气："现在哪还顾得了那么多，先保住她的命要紧。"张小姐男朋友说："兄弟，房别卖了，你母亲治病的钱我出，算我借你的。"小王愣了："为什么？"张小姐男朋友拍着小王肩膀说："不为别的，就为跟你学了一天的诚信。"

是小王的诚信救了母亲，升华了主题。

诚信，是真诚与友爱的桥梁，有了它，人与人之间就不再有距离。

照应前文，画龙点睛，使人深思。

本文以一个快件为线索，叙述了一个关于诚信的故事。故事一波三折，通过人物的心理描写，写出了不同人物对诚信的重视程度。最终阐释了诚信是真诚与友爱的桥梁，有了它，人与人之间就不再有距离。

　　**古语云：反身而诚，乐莫大焉。**只有做到真诚无伪，才可使内心无愧，坦然宁静，给人带来最大的精神快乐，是人们安慰心灵的良药。人若不讲诚信，就会造成社会秩序混乱，彼此无信任感，后患无穷。有人说，诚信是金。而金子有价，诚信无价，所以，诚信更胜于金。失去了做人最基本的诚信，纵然有万贯家财，又有什么意义可言？诚信是人间最美好的财富。

钟培源 ◎ 评

## 知识链接

　　快递公司：是指目前国内市场上除了邮政之外的其他快递公司，他们也是运用自己的网络进行快递服务。市面上的国内快递公司主要有：顺丰快递、宅急送快递、申通快递、韵达快递、天天快递、圆通快递、汇通快递、大田快递、巴客快递、源伟丰快递等等，全国有1000多家快递公司在开展业务。

文/闫荣霞

# 像农民 像米勒

19世纪的法国，现实主义画家柯罗、罗梭、米勒、杜普列、狄亚兹、杜比尼……大都曾住在巴黎近郊枫丹白露森林的小村庄巴比松，描绘法国普通的农村景色，在日常生活中发现审美价值，这就是有名的"巴比松"画派。

开篇介绍"巴比松"画派的由来。

但是，当画家米勒在1849年搬到这里的时候，巴比松还只是法国的一个偏僻小乡村，没有学校、没有教堂、没有邮局，一片荒凉。米勒带着一大家子住在巴比松大森林旁边一个谷仓，每天作画、种地、喂养一堆孩子。他在这里一共住了27年，到死都没有摆脱贫寒，没钱买画布，寒冷的冬天只能拾柴取暖。

介绍巴比松村最初的荒凉。

写出米勒最初住在巴比松村时生活很艰难。

贫困曾让他想自杀，但最终意识到这是个荒唐的念头。他是个慈父，称孩子们为"我的小蛤蟆"。当他亲密的朋友、哲学家卢梭给孩子们带来一些糖果，"小蛤蟆"们狂喜地跺脚尖叫，卷发披肩的米勒见此情景谦逊而感激地微笑。这就是米勒，"庄稼汉的但丁，乡巴佬的米开朗基罗"。

描绘米勒的朴实肖像。

这一切都在他的画里得到完美体现。《晚钟》里，日暮余辉笼罩，远方教堂依稀可见，里面传来做晚祷的钟声，一对农民夫妇在田间默默祈祷……《簸麦者》里昏暗的农舍，一位衣衫褴褛的农民使劲摇晃盛满麦粒的簸箕，四周弥漫着金黄色的尘埃；《拾穗者》那收割后的麦田，三位农妇在金黄色的夕照下觅拾麦穗，她们的身影具有雕塑般的庄重，不再是这个世界卑微的附属品，而是独立的主人，她们拾穗的形象更成为人类生存内在涵义的象征。虽然米勒笔下的人物都是穷苦农民，但他们都带着英雄式的尊严，显示着对生活的尊重与虔敬。

*虽然米勒是一个穷苦的农民，但他的画作却表现出英雄式的尊严。*

他和梵高不同。梵高是一束明亮的，带有浓重的神经质的火焰，有了一点小钱，就一杯接一杯地喝苦艾酒，一支接一支吸劣质烟，在阳光灼人的正午画令人炫目的向日葵，一天画十几个小时，直到把自己搞得崩溃，米勒却像一朵烛火，温暖、平和，在无边的暗夜里静静燃烧自己，烛照世界。

*用对比的手法衬托出米勒与梵高的不同，他温暖、平和、积极地生活，用自己的力量照亮世界。*

可是，谁也想不到，他其实和梵高一样痛苦。

*引出下文内容。*

米勒童年时，一次和双亲在教堂做礼拜，一名浑身湿透的水手闯进去，说帆船触礁失事。人们来到海岸，见到桅杆和人在浪谷里忽上忽下，传出绝望的呼喊。村里的男女老少跪在崖上祈祷，那苦楚而又无望的面容啊，还有格律希海岸的，像鞭子一样抽打他们的风，使米勒一辈子也忘不了这个场面。因而，当青年米勒第一次到罗浮宫时，深深吸引他的是米开朗基罗痛苦而壮观的雕像。批评家称米勒在此"找到了灵魂的嘴，喂之以痛苦，滋生出美"。的确这样，当他坐在林间企图享受一点宁静的时候，背柴的农夫由小径蹒跚而来，米勒的泪水随之淌下。

*交待米勒痛苦的过去，为其画风作铺垫。*

但是，他所经历的所有美和痛，最终都化作心里的安宁与平和，就如他自己所说："生活中快乐的一面从未在我眼前展现过。我所知道最快乐的事，是平静与沉默。"

上帝把贫困压在米勒肩上，把痛苦种在他的心里，他却以贫困和痛苦做养料，种出枝繁叶茂的树，结出甘香甜美的果，这一颗是《晚钟》，那一颗是《簸麦者》；这一颗是《播种》，那一颗是《拾穗者》……是的，就算整个世界都对自己以不平加身，我们也可

*运用比喻，写出米勒对生活的热爱。*

以像农民, 像米勒, 以一种有尊严的态度, 不去抱怨, 努力工作。

  "生活中快乐的一面从不在我眼前展现过, 我所知道最快乐的事, 是平静与沉默。"米勒作为一个"巴比松"画派的艺术家, 把自己所经历的美与痛都化作心里的安宁与平和, 以英雄式的尊严, 显示着对生活的尊重与虔敬。

  其实, 每个人都需要用平和安宁的态度去对待生活。生活不如意十之八九, 如果每天都将痛苦挂在嘴边, 装在脑子里, 那生活就会失去快乐, 这又使痛苦增加一分, 如此往复, 怎能体会到快乐呢? 所以, 要快乐地生活, 快乐地工作。

陈恺祺 ◎ 评

=== **知识链接** ===

  米勒(1814—1875年), 是19世纪法国最杰出的以表现农民题材而著称的现实主义画家。他创作的作品以描绘农民的劳动和生活为主, 具有浓郁的农村生活气息。他用新鲜的眼光去观察自然, 反对当时学院派一些人认为高贵的绘画必须表现高贵人物的错误观念。

文／毛利权

# 和尊严握手

〜〜〜〜〜〜〜〜〜〜〜〜〜〜〜〜〜〜〜

交待工作性质，为下文作铺垫。

也许是工作性质的缘故吧，我每天都会接待形形色色的人，这其中包括领导、干部、工人和农民……

刚到单位，办公室门口聚集了很多人，我急忙打开门，刚落座便开始忙了起来。"请问，办理低保手续是在这儿吗？"刚接待完一位前来咨询的，正忙于整理相关材料时，听到这微弱的声音，我抬起头，站在我面前的是一位六十岁左右衣衫褴褛的老人，头发蓬松着，脚上的一双布鞋还沾满泥浆，看得出来是一位从农村来的老大爷。我先是让老大爷坐下，并给他倒杯热水，老大爷端起水杯，手在颤抖着，边喝水边说："孩子，谢谢了。"仔细问清楚了缘由，我告诉老大爷如何办理相关事项，老大爷在听我介绍完后，并没有马上离开，而是站起身停顿了一会儿。"大爷，您还有不懂的地方吗？"我又问道。"我不知道你说的办事地点怎么走？孩子，能领我去吗？"原来这位老人对我刚才介绍很清楚的办事程序，竟不知道从哪儿开始。于是，我放下手中的工作，带着老人从一个办事地点到另一个地点，二十多分钟过去了，终于帮老大爷办完了所有事项。老大爷每到一个办事地点，总是很客气地主动和办事人员握手，可是，一些工作人员在老大爷伸手的那一瞬间，手却退了回去，只是点头

对老大爷的外貌描写，为后文别人拒绝和老大爷握手埋下伏笔。

表现出老大爷亟需帮助和作者的热心。

老大爷因为被人嫌恶而感到自卑。

微笑了一下，便忙着工作了。看到这，老大爷先是怔了一下，他的手也慢慢缩了回来，自言自语道："咳，我这双老茧的手，人家会嫌弃的。"

　　帮老大爷办完事，我告诉他怎样走出办公大楼的方向，将老大爷送到电梯口，"大爷，下到一楼，然后走出院，再向右走，就可以坐车返回家了。"大爷没有忙着走进电梯，犹豫了一会儿后，向我伸出右手，我急忙伸出手紧紧握住了他的手："大爷，您慢走啊。"话刚说完，大爷的眼眶湿润了，手在颤抖着，"孩子，你和我握手了，谢谢你帮我啊……"我俩的手紧紧地握着，大爷还是不肯放下，此时，泪水已从老大爷的脸颊流了下来，"孩子，只有你不嫌弃我这个老头子，我真感动啊！"

作者的表现和上文的工作人员形成了鲜明的对比。

作者的行为感动了老大爷。

　　送走了老大爷，我站在窗口前，看着老大爷边走边擦拭眼角的泪水，并回头向我办公室的方向张望，那一刻，我的心情仿佛翻倒了五味瓶。一次握手，令我浮想联翩。每个人都有自己的尊严，更何况一个来自农村的老大爷。在真心付出的那一刻，老人家期待的是同样平等的尊重，当自己的主动热情伸手被婉言谢绝的那一刻，老人家的心情是可想而知的。他也懂得被人尊重时温暖的感觉，真真切切地感受到什么是真情和友善。

每个人都有尊严，每个人都需要尊重，拒绝和老人握手，等于拒绝了老人的尊严。

　　其实，我们每个人都有尊严，尊严有时比什么都重要，和尊严握手，在幸福和感动之余，心里再次泛起一片涟漪。

总结全文，发人深思。

　　本篇文章以小见大，从日常握手的小事入手，最终阐释出，每个人都是有尊严的，人与人都是平等的，我们不应该不尊重人，更不应该践踏别人的尊严。文章虽然没有华丽的辞藻，字里行间却有一股暖流直击人心底。

　　我们都有尊严，当我们维护自己尊严的时候，是否考虑到也要维护他人的尊严呢？其实，尊重他人，维护他人的尊严，也是对自己的尊重，更是对自己尊严的维护。

高孟晋 ◎ 评

=== **知识链接** ===

握手是一种礼仪，但人与人之间、团体之间、国家之间的交往都赋予这个动作丰富的内涵。一般说来，握手往往表示友好，是一种交流，可以沟通原本隔阂的情感，可以加深双方的理解、信任，可以表示一方的尊敬、景仰、祝贺、鼓励，也能传达出一些人的淡漠、敷衍、逢迎、虚假、傲慢。团体领袖、国家元首之间的握手则往往象征着合作、和解、和平。握手的次数也许数也数不清，印象深刻的可能只有几次：第一次见面的激动、离别之际的不舍、久别重逢的欣喜，误会消除、恩怨化解的释然等等。

### 写作技法积累

#### 白描、白描手法的特点与运用注意事项

白描泛指文学创作上的一种表现手法，即使用简练的笔墨，不加烘托，刻画出鲜明生动的形象。

白描手法的三个特点：

1. 不写背景，只突出主体。通过抓住人物特征的肖像描写或人物简短对话，将人物的性格突现出来。

2. 不求细致，只求传神。由于白描勾勒没有其它修饰性描写的烦扰，故作者能将精力集中于描写人物的特征，往往用几句话，几个动作，就能画龙点睛地揭示人物的精神世界，收到以少胜多，以"形"传"神"、形神兼备的艺术效果。

3. 不尚华丽，务求朴实。优秀的文艺作品之所以感人，就在于作者抒发的是真实感情；感情愈真淳，愈能震撼读者的心灵。

文／成 功

# 被信任的幸福

　　每次到楼下超市购物，总有一种宾至如归的感觉。

　　屈指数来，搬进这个小区已经七八年时间了。刚搬来时，小区的服务设施还不够健全，无形中给居民带来很多不便。没过多久，小区的服务设施日趋完善，新成立了超市、干洗店、药店等。

　　丁嫂是在小区内第一个开超市的。她为人忠诚厚道，性格开朗，小区的居民都对她有好感。

　　"丁嫂，给我拿两袋精盐。"我刚进屋就对丁嫂说道。丁嫂以最快的速度把盐递给了我。并微笑地说："慢走啊，欢迎下次光临……"时间长了，我和丁嫂也熟识起来。

　　一天，我下楼去买东西，发现丁嫂家的超市顾客很多，我便在外面等了一会儿。可是等了大约有十分钟时间，丁嫂还在忙碌着。因有急事，我便让丁嫂关照一下，先将我要买的东西拿过来。丁嫂看出我着急的样子，便说："想买啥，别客气，你自己去拿吧。"于是，我选好了东西等着丁嫂找零钱。丁嫂又说："零钱放在柜台的抽屉里，你自己找钱吧。""什么？让我自己找钱，开玩笑吧。"我半信半疑。丁嫂看我犹豫着："大兄弟，你担心什么，我还信不过你？"有了丁嫂的信任，我只好自己找回了零钱，并告诉丁嫂钱拿走了，

"宾至如归"写出了一种亲切之情，引起读者的兴趣。

介绍丁嫂，为下文写作者与丁嫂间发生的事作铺垫。

通过对丁嫂语言、动作的描写，说明丁嫂热心，这也是作者有"宾至如归"感的原因。

作者听到丁嫂让自己找钱感到很震惊，写出"丁嫂"对我的信任，也从侧面反映出人与人之间缺少信任。

丁嫂只是说了一声："啊，知道了。"便又去忙了。

回到家里，我将此事告诉了妻子。她首先肯定了丁嫂对我的信任，又说，在当今的社会里能被人家信任不是件容易的事情。过后，妻子又开始责怪丁嫂这人有时太感情用事，轻易相信他人，万一遇到心怀不正的人那可就糟了。并一再提醒我，下次再看见丁嫂顺便说一声，让她提高警惕，这样下去，可不太安全，我当即表态一定照办。

> 通过妻子前后不一的态度，写出妻子对信任有着一种矛盾心理，这也是很多人都有的一种心理。

那天下班正好路过丁嫂的超市，见顾客不多，便和丁嫂聊了起来："你怎么就一个人忙活着，怎么不见大哥帮忙啊。"丁嫂说："你大哥工作忙，这不，女儿刚考上大学，为了使家里生活宽裕些，我就开了这家超市。"

我说了对顾客自己到钱匣子找零钱一事的看法时，丁嫂笑呵呵地说："这其实没啥可戒备的，街坊邻居住着，谁信任不过谁啊？有时忙不过来，街坊邻居还主动帮我呢？"我继续问道："你让顾客自己到抽屉里取钱，能放心吗？"

> 通过语言描写，写出丁嫂为人不设防。

"我放心，别看咱家店小，可我奉承诚信、价廉的原则，将心比心呗，商品可以打折，做人的良心可不能打折啊！你不相信人家，人家怎么能相信你啊……"

> 写出丁嫂讲诚信。

丁嫂说得对，人与人之间不能时刻存有戒心，要将心比心。在给对方信任的同时，对方也将信任给予了你。商品是有价的，而信任是无价的。细细品味丁嫂的话，说得也真在理。其实，能够被他人信任也是一种幸福……

> 总结文章内容，点明主旨。

信任是一种有生命的感觉，也是一种高尚的情感，更是一种连接人与人之间的纽带。我们有责任、有义务去信任另一个人，除非我们能证实那个人不值得我们信任；我们也有权受到另一个人的信任，除非我们已经不值得那个人信任。

信任是一种境界，一种修养，更是一种度量。

宋雨欣 ◎ 评

### ═══ 知识链接 ═══

　　超级市场是以顾客自选方式经营的大型综合性零售商场，又称自选商场。是许多国家特别是经济发达国家的主要商业零售组织形式。超级市场于20世纪30年代初最先出现在美国东部地区。第二次世界大战后，特别是50、60年代，超级市场在世界范围内得到较快的发展。在超级市场中最初经营的主要是各种食品，以后经营范围日益广泛，逐渐扩展到销售服装、家庭日用杂品、家用电器、玩具、家具以及医药用品等。超级市场一般在人口处备有手提篮或手推车供顾客使用，顾客将挑选好的商品放在篮或车里，到出口处收款台统一结算。

### 写作技法积累

**修辞手法及其种类**

　　修辞手法，就是通过修饰、调整语句，运用特定的表达形式以提高语言表达作用的方式或方法。

　　修辞手法的种类很多，内容博杂。主要修辞手法（辞格）共有八种：比喻、比拟、借代、夸张、对偶、排比、设问和反问。

　　诗歌中的修辞手法有比喻、比拟、借代、夸张、对偶、设问、反问、顶真、起兴等。